30
ANOS

PEDRO CESARINO

Rio acima

COMPANHIA DAS LETRAS

Copyright © 2016 by Pedro de Niemeyer Cesarino

Grafia atualizada segundo o Acordo Ortográfico da Língua Portuguesa de 1990, que entrou em vigor no Brasil em 2009.

Capa
Carlo Giovani

Preparação
Livia Deorsola

Revisão
Thaís Totino Richter
Márcia Moura

Os personagens e as situações desta obra são reais apenas no universo da ficção; não se referem a pessoas e fatos concretos, e não emitem opinião sobre eles

Dados Internacionais de Catalogação na Publicação (CIP)
(Câmara Brasileira do Livro, SP, Brasil)

Cesarino, Pedro de Niemeyer
    Rio acima / Pedro de Niemeyer Cesarino. 1ª ed. — São Paulo : Companhia das Letras, 2016.

    ISBN 978-85-359-2803-7

    1. Romance brasileiro I. Título.

16-06823   CDD-869.3

Índice para catálogo sistemático:
1. Romances : Literatura brasileira 869.3

[2016]
Todos os direitos desta edição reservados à
EDITORA SCHWARCZ S.A.
Rua Bandeira Paulista, 702, cj. 32
04532-002 — São Paulo — SP
Telefone: (11) 3707-3500
Fax: (11) 3707-3501
www.companhiadasletras.com.br
www.blogdacompanhia.com.br
www.facebook.com/companhiadasletras
instagram.com/companhiadasletras
twitter.com/cialetras

RIO ACIMA

Fronteira

O céu pesado e excessivamente azul, as nuvens que parecem despencar em minha cabeça. Meu corpo carregado de chumbo, como se ganhasse novas (e piores) pernas ao voltar mais uma vez para esse fim de mundo. Magno, o motorista, vem chegando para me cumprimentar. Ele abre a porta da picape preta e sorri com aquele ar de Zé Pelintra de fronteira, que eu já não tenho paciência de aturar. Diz que devo resolver o problema do combustível ainda hoje, enquanto ele ainda está à minha disposição para trazer os galões do outro lado da fronteira até a balsa, na beira do rio. Sei que lá os impostos são mais baixos, mas a gasolina também pode ser mais suja.

Na preparação da viagem, cada detalhe é fundamental. Um descuido agora será suficiente para complicar a vida depois. Gasolina suja pode significar a canoa parada por horas no meio do rio — aquelas nuvens de piuns, os mosquitinhos minúsculos entrando por todos os poros do corpo enquanto tenta-se resolver o problema de uma vela de motor entupida. Mas a grana é curta e preciso comprar mais de quatrocentos litros. Por isso o risco da gasolina suja acaba compensando.

São poucos passos daqui até a agência do Banco do Brasil, onde devo enfrentar aquela fila sem ar-condicionado para sacar o dinheiro no caixa eletrônico. Dessa vez o Laboratório não foi muito generoso nos recursos, talvez porque meu trabalho já não desperte o mesmo entusiasmo de antes. Será necessário segurar os gastos. Mal ponho os pés na calçada e dá vontade de voltar. Não sei como as pessoas dessa cidade suportam o calor, o sol que corta como canivete. Depois da sauna na fila do banco, pego uma moto para achar, do outro lado da fronteira, as doses de soro antiofídico, os comprimidos de malária e as pílulas de cloro que, vai saber por que, não são comercializadas do lado de cá.

A balconista me olha com certo estranhamento, mas está acostumada a não fazer perguntas. É melhor não saber por que um marmanjo resolve se meter no meio do mato. Saindo dali, passo por alguns índios vendendo larvas de madeira podre tostadas na brasa — o churrasquinho local que, a essa altura da vida, considero uma iguaria.

Duas quadras mais abaixo, encontro um bom mosquiteiro em uma loja de generalidades dessas que vendem de boias do Mickey a lampiões. Três bacias de alumínio, canecos de plástico, pratos, copos, uma faca boa mas não o suficiente para ser cobiçada, um despertador, um espelho pequeno, gilete, sabão de coco, panos de chão, baldes plásticos. A tralha de sempre, esse monte de porcarias indispensáveis, que me faz sentir despreparado, apesar de toda a experiência acumulada. Como se eu fosse ficar pelado sem tudo isso, desprotegido, entregue a qualquer tipo de problema que vier. Pago o dono da loja com notas manchadas e amassadas. Tudo para entregar no El Comendador.

Passo para a próxima loja, que tem a melhor panela, aquela redonda de alça por cima, que serve para pegar água e guardar coisas. As botas com caneleira alta, até o joelho, só encontro ali. Parece que vêm da Colômbia ou do Equador e que são usadas pelas milícias. Várias caixas de balas calibre 16, chumbo, pólvora, espoleta e alguns gramas de anzol, duas redes, cordas e chapéu. Tudo isso para completar a tralha que, confesso, me faz sentir um pouco ridículo. O que antes me seduzia nessa condição de viajante permanente é, agora, repetitivo demais, quase melancólico.

No supermercado, mando encaixotar sacos e mais sacos de arroz, feijão e macarrão, além das latarias e de outros suprimentos, que deixam os vendedores brasileiros surpresos. Para que gastar tanto dinheiro com aqueles infelizes, dizem. Melhor seria tomar logo a terra deles. Por que o senhor vai perder tanto tempo por lá?, eles perguntam. Quero encerrar logo o papo-furado e respondo com breves ironias. Pago a conta com dinheiro vivo e mando entregar no El Comendador.

Numa loja de feitiçarias enfiada nas quebradas perto do porto, examino umas garrafadas sobre a prateleira e um maço de colares de contas encardidas penduradas em cima da porta. Contas vermelhas e pretas que me parecem ser de um Exu infiltrado na mata. Converso com o casal de senhores donos da loja. Desconfiados, quase lacônicos, me dizem que vêm da região do Putumayo e que vivem por ali há alguns anos. Será que também conhecem algo daquela narrativa que preciso registrar, a do pegador de pássaros? Talvez tenham escutado algo sobre isso, mas, bem, agora não seria o melhor momento para perguntar.

Devem ter fugido das perseguições que as milícias faziam ao seu povo; os rios devassados pelo fogo e pelo fio dos facões, as famílias desmembradas pelo estupro coletivo e a violência generalizada. Os rostos marcados por uma seriedade profunda parecem revelar isso. Nos olhos da mulher, vincos fortes, como se registrassem o peso de algo que ela talvez tenha testemunhado. Eles me contam que foram descendo de lá do Putumayo a bordo de alguma canoa clandestina e acabaram fazendo uma nova vida aqui, nesse canto do mundo quase sem lei.

A velha índia tem um olho falso que não consegue se fixar em mim. Por trás daquela pupila de vidro desnorteante, ela parece enxergar outra coisa. Compro um cordão de contas e vou me despedindo. No te olvides de que los ríos te pueden traicionar, señor. No te olvides de los caminos que no están ubicados en los mapas de la tierra, me diz a velha enquanto pago a conta. Devolvo um sorriso meio surpreso, sem entender o que afinal ela quer dizer com isso. Quem sabe um conselho maternal? Ou a lembrança de alguma coisa projetada numa dimensão do tempo que ignoro? Pego o troco e deixo a loja com certo desconforto na respiração.

Magno, o motorista, me chama do meio da rua empoeirada. Vem com aquela simpatia calculada de quem não hesitaria em te passar a perna se pudesse. Mas sei que ele precisa manter seu teatro por conta dos acordos que foram firmados entre as instituições. Parece que conseguiu trazer a gasolina e tudo o mais. Vai me levar para almoçar e depois para o hotel. Uns homens com cara de cachorro acenam para ele do outro lado da rua. Estão sentados em cadeiras de plástico na calçada, em frente ao que parece ser uma casa de câmbio. Há uma cumplicidade entre eles que eu prefiro ignorar. Há muitas coisas aqui, aliás, que precisam ser ignoradas. Isso eu já sabia desde que pisei pela primeira vez nesse asfalto vermelho melado.

O motorista me deixa na porta do El Comendador e combina a partida do dia seguinte. Carrego os caixotes de comida e as parafernálias para dentro do quarto gelado pelo ar-condicionado. Tudo reunido, enfim. Agora posso me dar ao luxo de ter um dos últimos momentos de privacidade. Na TV, o canal evangélico sintonizado ao acaso dissemina sua paranoia. Noutro canal, gados nelore são apresentados por uma loira com roupa country. Noutro, relógios rolex vendidos em uma espécie de bingo televisivo. Anúncio de bundas perfeitas resultantes de supostas máquinas de fazer bundas perfeitas. Tomo uma ducha, desligo a TV e tiro um cochilo.

Breves sonhos confusos povoados pelas vozes das pessoas que deixei em casa. Ecos dos vínculos interrompidos pelo descaso constante que me dominou nos últimos tempos. Estive sempre adiando a possibilidade de uma relação mais sólida para conseguir terminar de uma vez por todas isto: a história, aquela que ainda falta escrever, que não me deixa descansar. Como conciliar o cuidado com os vínculos, com os afetos, e as exigências deste lugar? Difícil. Sei que o risco existe: virar um espectro entre mundos, preso entre um e outro galho de uma árvore sem raízes. Acordo do sono leve, alerta. Desço para acertar as contas no balcão, porque de madrugada o pessoal vem me buscar e preciso deixar tudo pronto.

Na varanda do hotel, uma conversa estranha em portunhol sobre corpos encontrados nos fundos do hospital. As mãos amarradas para trás, as unhas e os dentes arrancados. Coisa de justiceiro, alguém diz. Coisa de vagabundo mesmo, diz outro. Deve ter sido mais uma daquelas meninas abestadas, comenta um terceiro. Escuto isso no canto do ouvido enquanto o escuro ainda toma conta da rua, o escuro que vai apertando a minha respiração.

Fico curioso pelo assunto, mas é melhor manter a discrição e não perguntar demais. Deve ser algo relacionado à recente perseguição dos travestis que vivem por aqui. Parece que, além dos velhos do Putumayo, eles também desceram para cá há anos, fugidos da guerrilha que se espalhava pelas cidades a montante, do outro lado da fronteira. Desde então vivem aqui em seus salões de beleza — às vezes três por quarteirão, como se houvessem mesmo tantas mãos e pés e cabeças para serem cuidados. Ficam lá trocando ideias entre si, fumando cigarros e se penteando. Todo sábado saem para dançar juntos nas festas do outro lado do rio. As festas da Praia da Maravilha, que antes eu costumava frequentar para me divertir, e que se estendem até de manhã ao som das cúmbias do momento.

Lembro daquela história da Victoria, uma travesti que se apaixonou por um policial federal brasileiro e fazia escândalo em frente ao escritório dele, bem ali ao lado do supermercado Big Big, aquele estabelecimento de fachada, lavanderia de dinheiro dos negócios sujos. Isso foi há alguns anos, se não estou enganado. Ela ficava ali esperando pelo policial e, quando o cara não aparecia, gritava palavras de amor, esperneava, fazia o diabo. A menina quase que morou por ali durante alguns meses. Acabou ficando famosa na região como "A Cantora". Depois parece que cansou e foi morar para os lados do aeroporto, enfiada numa casa de papelão que ela decidiu construir para si e que, por vezes, dividia com os cachorros vira-latas. Victoria, a doida. Acabou sumindo das ruas, ninguém sabe se devorada pelo mato ou pelos grupos que costumam limpar a cidade desse tipo de gente, indesejada pelos comerciantes e políticos locais.

Saio para um passeio no começo da noite. Alguns funcionários encostados no balcão do hotel recomendam não voltar pelo lado de trás da praça que dá quase para o barranco do rio. Semana passada encontraram um corpo ali. Nas ruas mal iluminadas, uns tipos obscuros me olham meio de lado. Entro no primeiro bar e esvazio algumas cervejas para comemorar essa noite derradeira. Agora é hora de encher a cara e de esquecer. Não sinto medo, mas sim um cansaço que pesa por dentro, a respiração endurecida que vai se diluindo nas latas de cerveja.

No caminho de volta, passo pelo Paradise, iluminado com suas luzes falhas de neon. As moças estão todas ali, como de costume, sentadas em suas cadeiras de plástico na varanda. Entro como quem não quer nada e tomo mais uma cerveja, escutando aquela salsa melancólica de fim de carreira. Mas a Jully resolveu dar um sumiço justo hoje, aquela garota, eu ficaria bebendo e lendo poesia com ela até o fim do mundo. Tentei algumas vezes convidá-la para jantar, fazer algo fora dali, ficar comigo no hotel, quem sabe até alguma viagem rio abaixo. Queria de fato conhecê-la melhor, talvez começar alguma coisa. Ela aceitava os convites e logo depois negava, deixando entender que na verdade não podia, mas que gostava de ser bem tratada e ficava triste por não poder aproveitar mais. Mágoa cruel por trás daquele corpo sem palavras. Entendi bem rápido que, para ela, sair dali implicaria violar regras e sofrer as consequências, certamente violentas, e provavelmente também aplicáveis a mim. Desde a outra vez que não a encontro.

Sem ter mais o que fazer, repetindo as mesmas rotas desgastadas, escapo das calçadas sujas e volto logo para o hotel. Caio como uma pedra na cama, mergulhado num sono opaco e inquieto. Um solavanco, como se eu fosse tropeçar em algum buraco, e depois novamente o sono profundo. O avião me deixa no aeroporto de alguma metrópole importante da Europa. Ao desembarcar, percebo que estou sem malas, sem dinheiro, vestindo apenas uma camiseta e nada mais da cintura para baixo, nem cueca nem nada. Converso com os funcionários do aeroporto, todos vestidos, para os quais parece ser natural eu estar meio pelado e descalço. Razoavelmente convencido de que isso é de fato aceito pela sociedade, sigo pedindo informações e pensando no que farei então, nessa condição deplorável, sem dinheiro nem malas. Mas como é que não trouxe as minhas coisas? Como pude esquecer? Não seria melhor estar de calças? Não vão me achar inconveniente? Um grupo de adolescentes brinca com a minha desorganização, mas parece não perceber que estou sem cuecas, como se isto fosse algo natural. Um deles insinua uma risadinha, suficiente para me deixar em dúvida. Sem melhores opções, caminho assim mesmo em direção à saída dos táxis, onde outras tantas pessoas vestidas me olham com descaso. Devo seguir em frente e continuar a viagem, penso. Afinal, para que documentos, dinheiro ou calças?

O despertador toca furioso às quatro. Acordo sem querer acreditar que estou aqui de novo, prestes a encarar o rio. Vontade de sumir dentro dos travesseiros, de abrir a porta e dizer que se enganaram de quarto, que eu não sou a pessoa pela qual procuram. Mas não. O corpo me lembra de que o mato é uma outra condição da qual não posso ainda me furtar. Levanto e me jogo à força embaixo do chuveiro frio. Uma chuva forte e chata cai na madrugada escura, era tudo o que eu precisava para começar. Não fosse esse fascínio, não fosse a história, eu não continuaria.

Racondo, meu parceiro de longa data que também está por aqui na cidade para fazer sei lá qual trabalho, me espera na portaria com a Paraty do taxista peruano. Racondo, um incansável estudante de literatura da Universidad Nacional de Colombia que apareceu para trabalhar por aqui alguns anos atrás, já começa a desfilar uma série de teorias e explicações intrincadas que vão desde a atual configuração política até a lógica interna dos mitos e as concepções de temporalidade, enquanto eu mal consigo digerir meu mau humor e um pedaço de bolacha de água e sal amolecida. Ele sabe da minha obsessão pelo pegador de pássaros, mas agora definitivamente não é o melhor momento para falar sobre isso.

"Cadê o Magno?", eu pergunto olhando para baixo.

"Desta vez ele não liberou a picape, então vai ter que ser de Paraty mesmo. Cara, você leu o último texto do Zorotinski sobre a complexidade causal?", ele pergunta, com um sotaque meio portunhol, meio carioquês.

"Que complexidade, Racondo? Que saco! O cara dá pra trás sempre na pior hora! Bom, vamos ver o que a gente consegue fazer com esse esquema mesmo", reclamo.

"A complexidade que se desenvolve nas circunstâncias de bifurcação temporal. É genial!"

"Desculpa, não consigo pensar nisso agora, sei que deve ter a ver, mas me ajuda aqui a carregar esse galão pesado pra caralho!"

Racondo me ajuda a arrastar o primeiro galão de gasolina, mais de setenta litros pela escadaria estreita do hotel. Isso e mais uma porrada de outras coisas, que vamos descendo aos poucos até a rua. Abrimos o porta-malas e vamos levando tudo para dentro do carro, que quase cola no chão com tanta carga. Mal amanheceu e a longa descida para a beira do rio ficou realmente uma merda completa depois de toda aquela chuva. Um tobogã de lama. A Paraty perde o rumo e vai deslizando de um lado para o outro, bate nas beiras do barranco, atola e desatola, cospe lama e fumaça. Impossível controlar a direção. Mas enfim o taxista peruano consegue fazer o bicho descer até a beira. Vamos descarregando as caixas no lombo mesmo, entre as madeiras podres das pontes que atravessam as águas, não menos podres, daquele pedaço da balsa. Aos poucos, o dia já começa a despontar na outra margem do rio.

"Essa carga toda vai acabar com as minhas costas", diz Racondo, que há tempos protela um tratamento de coluna pelo seu trabalho no mato. Ele e seu idealismo autodestrutivo, que aliás eu também cultivava, mas que para mim agora começa a girar em falso.

"A chuva é que já acabou com as caixas, isso vai ficar uma porcaria dentro da canoa. Depois de dez dias de viagem, quero ver os pacotes de macarrão chegarem inteiros na aldeia", digo.

"Relaxa, vai dar tudo certo", ele responde com seu incansável otimismo.

"Como é que vou relaxar? Os índios ainda não chegaram! Onde é que eles enfiaram a canoa?", respondo impaciente.

"Devem ter confundido as balsas."

"Deixa então que eu levo essa tralha toda pra dentro. Vá você chamar os índios, por favor!"

Racondo sai pela beira do rio para chamar os meus amigos que vêm me buscar, enquanto tento me recompor da irritação e ajeitar as caixas molhadas de comida no assoalho quase inexistente da balsa dos bombeiros. É ali que costumam chegar os índios que vêm do fundo do mato para a cidade. E é dali também que se costuma sair para uma viagem mais longa. A balsa dos bombeiros: poucas coisas são mais detestáveis do que isso; poucas coisas me fazem lembrar mais de que estou no lugar errado. Pelo menos enquanto não passo definitivamente para o outro lado do espelho opaco, enquanto não cruzo a linha escura deste horizonte que divide o rio e a faixa de floresta.

Horas depois, Racondo volta com o pessoal. Sem me mover da beira, vou acompanhando a canoa chegar. Ela vem devagar, vai atravessando o lixo espalhado pelas águas até atracar aqui, entre os outros barcos que também ficam amarrados nos pedaços de madeira. Boa surpresa: desta vez, desceu para me buscar o Sebastião Baitogogo, velho amigo que me chama de irmão mais novo, junto com alguns filhos e sua mulher atual. Para variar, a canoa está muito mais cheia do que deveria, lotada de gente e de parafernálias. Quase nunca eles vêm preparados como eu preciso, mas assim é. Toda essa lotação significa mais de dez dias sentado no banco, sem possibilidade de deitar ou de esticar direito o corpo. Algo corriqueiro para quem vive nesse mundo das águas, mas não para mim. Saúdo Baitogogo como de costume.

"Você chegou?"
"Cheguei."
"Não está doente?"
"Não."

A tradicional recepção é sucinta, mas amável. Ela deixa minha irritação sem justificativas. Aqui não adianta ficar bravo, não adianta sair de si, pois o tempo percorre outras espirais.

"Você trouxe o motor 12?", pergunto a Baitogogo.
"Ele tá aí, mas não tá muito bom, não."

Baitogogo aponta com o queixo o motor quebrado dentro da canoa, para o meu desânimo, e se explica.

"O 12 não quis mais trabalhar, então a gente foi descendo com o 5 hp mesmo. Esse 12 do Raimundo tá quebrado, é bom de consertar lá na beira."

Eu já esperava por isso. Nada costuma sair como previsto. Vou precisar dar um jeito nesse motor para fazer a viagem em um tempo razoável, pelo menos em uns dez dias. Entro na canoa e me acomodo logo, como quem está pronto para partir, antes que todo o pessoal queira descer e passear na cidade. Saímos deixando para trás o porto e Racondo, que fica por lá com aquele seu otimismo incansável. No primeiro dia, viajamos por seis horas até a beira da próxima cidade. Pelo caminho, vou mais uma vez reconhecendo as ilhas e as pequenas comunidades que se estendem ao longo das margens, ao longo dos meandros enroscados pelas águas grandes e encontros de rios. Vamos arrumar o motor logo ali, naquele cemitério de mogno que é uma das últimas vilas antes de chegarmos lá, no outro lado. Infinitas toras de madeira boiam nas águas, mal escondendo as serralherias asiáticas que funcionam a todo vapor. Galpões velhos enferrujados cobertos com telhas de amianto e alumínio, fumaça preta pairando por cima das casas, uma multidão de barcos sucata encalhados na beira, murmúrios de tudo o que é ilícito por trás da bela paisagem.

Baitogogo e seus filhos aproveitam para dar um pulo na cidade. Começa o périplo pelos bares e visitas a parentes que vivem por ali. Mas sei que cedo ou tarde eles voltam. Enquanto isso, tento resolver o problema do motor na oficina. *Jociley III* é o nome de uma das lanchas ali ancoradas. Fico pensando na história. Talvez seja o nome da irmã do barqueiro, ou de sua filha caçula, que ele resolveu homenagear no casco recém-pintado da embarcação. Mas por que o III? Quantas outras Jocileys teriam existido? Reflexões inúteis que me desviam dos problemas a resolver, problemas práticos que me desviam dos desacertos que deixei em casa e que, por sua vez, encaminham, aos poucos, a longa subida pelo rio.

Os mecânicos vêm puxar papo enquanto espero.

"Aqui é o começo ou o fim do Brasil?", pergunta um deles.

"Não sei, para mim é o fim, mas para você talvez seja o começo."

"Se bem que lá de onde você vem também é na beira do mar, não é?", ele continua.

"Sim, lá também é um tipo de fim de mundo. Aliás, foi ali mesmo que começou o fim do mundo para muita gente", replico.

Anoitece. Já é tarde para sair atrás de hospedaria. Baitogogo e seus filhos voltam e se acomodam como podem na canoa. Dormimos ali mesmo, entre ratos, mosquitos e manchas de óleo. Apesar do estado calamitoso daquela balsa imunda, há certo conforto no canto que ajeitamos, uma sensação de casa que acomoda os corpos já acostumados à falta de espaço. Atravesso a noite com o sono pesado, como se o mundo não existisse ao redor. Logo cedo, a manhã cresce com uma névoa densa sobre a água, que torna ainda mais difícil ver a outra margem do rio. A névoa, porém, não esconde o ruído frenético dos pequepeques e voadeiras que atravessam aquela parte ainda movimentada das águas grandes. Comemos ovo cozido com café e pão, enquanto os meninos colocam o motor 12 na popa da canoa. Enfim estamos prontos para partir.

Uma canoa dos Babilonitas vem cortando a névoa, trazendo todos vestidos com seus longos panos brancos. Visão impossível do amanhecer, essa espécie de procissão medieval flutuando nas águas do mato-inferno. Anúncio do que virá para além das cidades da fronteira. Eles desaparecem aos poucos contra o cinema irreal do vapor branco, que já começa a rarear. Os Babilonitas, esses membros de uma seita-fantasma que há décadas vive isolada numa ilha autossuficiente. Às vezes eles dão o ar da graça e aparecem assim, imaculados em meio ao trânsito frenético das embarcações, ao som do brega e do reggaeton. Parece que tomaram algumas partes da Bíblia para criar um dogma particular e rituais inacessíveis. Vivem fora do tempo e da civilização. Esperam ali, em seu mundo, pelo dia do cataclismo final, o apocalipse de árvores e lama que cedo ou tarde chegará.

Os Babilonitas. De alguma forma, eu e o pessoal lá do rio acima também partilhamos desse desvio para os outros mundos possíveis. Não fosse isso, eu não estaria aqui pela enésima vez só para terminar de recolher aquele mito que nunca quiseram me contar direito. Eu já poderia ter encerrado tudo isso há tempos, mas não. Tenho vivido entre fragmentos de viagens e lugares, como se o corpo não assentasse em uma casa só. A obstinação não me deixa desistir, mas meus ossos, os ossos de dentro que sustentam os meus acontecimentos, pedem por alívio.

Enfim aparecem os contornos das margens, que cada vez mais revelam a sucessão sem fim de árvores. Na canoa, o sol da manhã é um remédio para o dia frio e enlameado de ontem. Mas sei que em pouco tempo virá o suplício do meio-dia. Enquanto passamos pelas balsas comerciais flutuantes nas quais é melhor não encostar, conto nos dedos os minutos para sair logo desse cinturão de almas desgarradas, dessa zona desgraçada do mato, dessa desolação. Nos flutuantes, é possível comprar fígados, metralhadoras, barras de cocaína, quem sabe até mulheres e crianças. Lugares, enfim, nos quais seria melhor não permanecer. Mas paramos em um deles, onde Baitogogo e os filhos deixaram as espingardas aos cuidados de um compadre, pois, fora de suas terras, não podem portar armas de fogo. O compadre me vê sentado dentro da canoa e se espanta comigo, esse forasteiro, que viaja junto de um pessoal tão indócil aos olhos dos brancos. Espanta-se mais ainda quando descobre que, além de viajar junto, eu também falo a língua deles. Coisa difícil de se encontrar por esses lados.

A próxima parada é a cidade da praça do jambeiro, último bastião das terras do caos antes da entrada no labirinto verde. Cidade bonitinha, com sua praça coberta pelas flores roxas do jambo que, na época certa, decidem dar à terra matizes improváveis. Logo me lembro do mundo rio acima — o roxo impossível das flores, a cobrir um chão que não pertence mais apenas aos vivos. Mas o ar idílico da cidadezinha esconde outro inferno, uma espécie de *reality show* ao vivo e em cores, com direito a fofocas sem fim, bebedeiras, surras, trapaças e crueldades. É por aqui que, com frequência, o pessoal do mato se embrenha nessa vida precária e corrompida de fim de civilização. Parece que vivem todos com espíritos sentados às suas costas — é o que dizem às vezes os velhos que moram nas aldeias a montante, inconformados com a confusão que ronda aquelas ruas.

Isso, porém, é o que pensam os velhos — e eu também, aliás. Pois o lugar é de toda forma território dos índios, expulsos há tempos pelas ondas de brancos oportunistas que assentaram por ali. Então, para além de todas as complicações, eles têm conseguido manejar o espaço de maneira interessante, transformando os bairros em extensões de suas próprias aldeias. Contrariando interesses dos brancos e mestiços, o pessoal que nos últimos anos desceu de suas terras para cá vai acabar por transformar isso em outro tipo de cidade, mais próxima daquelas que sempre existiram espalhadas pelos rios antes da chegada dos invasores. Preciso estar atento a isso, a essa nova forma de ocupação provavelmente mais inteligente do que a nossa.

No fim da tarde, descubro que, para meu azar, o prefeito madeireiro organizou uma festa para tapear os índios. Forró, cachaça e churrasquinho em troca de uns votos. A tenda armada no meio da praça indica que a coisa vai longe. Motos e motos chegam por ali. Baitogogo fica até tarde da noite conversando comigo na canoa. Falamos do pessoal caído no meio da rua, dos parentes de porre apanhando dos brancos. Depois acordam envergonhados em algum canto, despejados nesta terra tornada estrangeira, sem documentos e quase pelados, sem as roupas de baixo. Mas é só eu anunciar o sono que meu companheiro pula fora e segue rápido em direção à praça. Todo o seu bom senso não elimina a vontade de aproveitar a festa dos brancos. Eu mesmo iria também com ele comer um churrasquinho, mas prefiro ser discreto e dormir sozinho em uma hospedaria, já exausto da viagem que mal começou.

Da outra vez que decidi ficar na praça de noite, terminou acontecendo aquilo. Baitogogo estava comigo e, depois de alguns churrasquinhos, até tomamos umas duas latas de cerveja. Os dois ali sentados no bar do Doidão, já devia ser umas onze. Chegaram alguns moradores da cidade, uns tipos que ficam pulando de cargo em cargo para controlar recursos e viver às custas do dinheiro público, que nunca é aplicado onde deveria. Sentaram ao nosso lado e ficaram nos olhando, como quem espera o momento certo para começar a provocar. Primeiro foi com Baitogogo. Ei, índio, já tá enchendo a cara, é? Cuidado viu, cu de bêbado não tem dono, hahaha. E o seu amigo aí, vai cuidar de você? É babá de índio, é? Tu é doido, o que um cara desse vem fazer aqui? Só pode ser para ganhar grana em cima desses otários. Eu e Baitogogo ficamos quietos, sem responder, olhando para o outro lado da praça. Mas um dos caras insistiu, saiu da mesa em que estavam e ficou de pé, diante de nós. Não tá escutando o que a gente tá falando não, ô playboy? Tá fingindo que é surdo? Eu, que nunca gostei de confronto, ainda tentei fingir que não era comigo. Mas o sujeito não parava, enquanto os outros davam risadas por trás. Cara, a gente não tá a fim de conversa, não, deixa a gente em paz aqui comendo o nosso jantar!, respondi tentando encerrar a situação. Deixar em paz a gente deixa, mas o problema é que vocês não estão jantando só, não. E essa latinha de cerveja aí? Daqui a pouco o bugre vai ficar aí cantando no meio da praça, vai tirar o sossego de todo mundo. Ê bugrada fedida de merda! E você? Quem você pensa que é pra ficar dando lição de moral na gente? Não estou dando lição de moral em ninguém, não, nem te conheço!

Pagamos a conta e nos levantamos para ir embora. Do outro lado da praça, outros parentes de Baitogogo, os cinco filhos dele e mais outros sobrinhos, apareceram por acaso. Dá licença que a gente tá saindo, eu disse enquanto tentava passar entre as mesas. Pois tu devia é saber quem eu sou, respondeu o cara enquanto encostava um 38 na minha barriga. Devia saber que por aqui quem trata com esse bando de índio é a gente, entendeu? Nós é que dizemos pra eles o que eles podem ou não fazer por aqui. E nenhum playboy vai ficar fazendo a cabeça deles com esse negócio de ecologia, direitos humanos, a puta que o pariu! Baitogogo, que estava ao meu lado, percebeu a ameaça e falou com a voz baixa, mas firme. É melhor você deixar esse negócio aí e não mexer nele, não. Os meus parentes tão logo ali, tá vendo? Depois vai ficar ruim pro seu pessoal. Lá na terra da gente nunca que ninguém aponta arma pra outra pessoa, não, só pros animais de comer mesmo. Mas o tipo corajoso insistia, todo cheio de si. Eu não tenho medo dos seus parentes! Pode mandar tudo pra cima de mim que a gente solta chumbo neles!, respondeu, deixando entender que seus amigos também estavam armados. Soltar chumbo você pode, sempre é que fez assim com os nossos parentes. Mas depois fica manco, mudo e com o negócio mole lá pra baixo que não tem jeito de levantar não, igual o Edilésio, o seu tio. Né não? Não foi que ele mexeu com a gente e depois que foi que chegou negócio de sopro, de vento que entra na janela de noite? Tá lembrado? Vai! Coloca esse negócio pra lá! Baitogogo avançou e o cara abriu caminho, olhando para os seus amigos, meio contrariado. Ô Adaílton, melhor deixar, esse aí é daqueles lá de cima do rio, não é daqui da cidade, não. Tu é doido, vai que o cara é pajé. O corajoso recuou e baixou a arma, que já me arranhava através da camiseta. Dessa vez tu escapou, mas cuidado quando andar por aqui, playboy! E você, corre daqui, macumbeiro do caralho! Corre antes que eu perca a minha paciência de vez!

Saímos do bar e seguimos com calma para a rua. Baitogogo olhou para mim com um sorriso entre os dentes, tranquilo como sempre, enquanto eu não conseguia esconder a minha revolta. Branco acha mesmo que só existe aquele passarinho ali, que você dá um tiro e morreu. Mas bala forte mesmo é que pega o que o nosso olho não vê! É mesmo, Baitogogo. Você tem razão. Esse pessoal não conhece o Tarotaro, comentei. Pois não é que não conhece mesmo? O Tarotaro é que é bom nesse negócio de ventania, de fazer o sopro forte!, ele dizia enquanto descíamos a ladeira do porto escutando os forrós que, naquela noite, começavam a esquentar o assoalho das casas de palafita.

De manhã, eu e Baitogogo caçamos os meninos motoristas perdidos pela cidade. Encontramos um dormindo perto de uma árvore, o outro enfurnado em um quarto abafado, do fundo do qual se ouviam risadas de mulheres. A ressaca deve ser forte, mas o pessoal daqui tem mesmo outro tipo de corpo e logo se joga de volta na canoa, como se não tivesse acontecido nada. Então me pego de novo naquelas divagações, que já estão me deixando irritado. Por que diabos vou tirar os moleques da farra, quando eu também não sou de ferro? Para que representar um papel que não é o meu? Para mostrar que o mundo dos brancos não é só cachaça e putaria? Ah, que saco, não sou pai de ninguém. Só quero é continuar logo com a viagem.

Enfim conseguimos voltar todos para a canoa. A vista da cidade cada vez mais distante me deixa feliz. Dessa vez até que foi fácil escapar das confusões e passar por lá o mais rápido possível. Seguimos o dia inteiro debaixo de um sol de rachar. Nenhuma nuvem aparece para trazer um pouco de chuva ou de sombra. Embaixo do assoalho da canoa, corre uma água fétida com pedaços de carne estragada, sobras da semana que eles levaram na viagem à cidade, quando foram me buscar. Vamos precisar fazer uma faxina nisso tudo na próxima parada, penso. Ina, uma das filhas de Baitogogo, examina as minhas costas à procura de cravos e espinhas. Está com uma pintura facial nova traçada com esmalte e batom. Ina tem um sorriso peculiar e os olhos brilhantes, realçados por pequenas cruzes vermelhas desenhadas nas duas têmporas. Japinim, o irmão mais novo de Ina, está escondido atrás da rede pendurada nas traves do barco, faz caretas e me arranca um sorriso. Há semanas não tira a camiseta do angry birds que conseguiu em algum lugar. Se bem o conheço, vai deixá-la molhar e secar no próprio corpo, como se fosse uma segunda e eterna pele.

A canoa está empilhada de badulaques. Além de todos os meus suprimentos e parafernálias, ainda há espaço para um sound-system tamanho gigante, uma bicicleta quebrada, sacas de comida e de sal, um porquinho trazido dos brancos, caixas e mais caixas de material escolar e outros galões de gasolina. Todo esse lixo inútil que produzimos e que eles passaram também a carregar, talvez, pelo fascínio que emana das coisas dos estrangeiros. Seria melhor deixar isso tudo queimar, penso, enquanto lanço o olhar em algum brilho do rio.

Ao meio-dia, comemos ovo frito, farinha, arroz, macarrão e macaxeira. Baitogogo vai na proa indicando os troncos escondidos atrás das águas. Seus filhos, aboletados na popa da longa canoa, cuidam do motor. Eu, as mulheres e as crianças ficamos no meio. Elas abrem incontrolavelmente todas as minhas malas à procura de miçangas e já loteiam as melhores. As crianças, mais comedidas, sobem em meus ombros e quase me arrancam os cabelos.

No final da tarde, passamos pela base de controle do Governo sob um pôr do sol espetacular. A luz ameniza o aspecto opressor daquela instalação policial encravada no mato. Dessa vez, não vamos poder dormir nos alojamentos, que estão cheios de trabalhadores responsáveis pela construção de um novo radar, supostamente utilizado para a vigilância da floresta.

Isso é coisa recente, começou a acontecer de uns dez anos para cá. O Governo avaliou que sua presença nas fronteiras estava enfraquecida e que poderia perder de vez o controle, deixando espaço para as maracutaias internacionais que se escondem na região. Queria também dar uma assistência aos índios que viviam à mercê dos garimpeiros, madeireiros e outros parasitas, com seus mercúrios, cachaças, estupros e assassinatos frequentes. Então instalaram toda essa estrutura no encontro dos dois últimos rios, o que terminou por se transformar na única presença estatal efetiva em milhares de hectares.

Em uma parada rápida, fazemos a necessária faxina no fundo da canoa e conversamos com o chefe da base. Ele diz que alguns garofos bravos apareceram na semana passada em canoas de casca de árvore. Estavam em busca de panelas e traziam bordunas pesadas em punho. Entraram cozinha adentro e roubaram uns pacotes de bolacha e farinha.

Parece que esses garofos daqui andam recebendo ataques de outros índios ainda mais isolados, aqueles que vivem nas cabeceiras dos igarapés. Alguns tinham até escoriações pelo corpo. Essa foi uma das razões para a criação da base, desde que eles começaram a descer das cabeceiras e a querer de toda forma contato com os brancos. Tempos atrás, alguns foram mortos por um grupo de garimpeiros, se não me engano logo no começo da construção do alojamento central. Dizem que foi retaliação por conta de outro ataque que os índios teriam feito ao mesmo grupo, uma história mal contada na qual não faltaram relatos confusos de canibalismo, nunca de fato confirmados.

Os garofos são estranhos. Nunca consegui imaginar o que poderia passar pela cabeça deles. Impossível interpretar seus olhares, voltados para outras órbitas. Têm sempre um sorriso no canto do lábio enquanto seguram suas bordunas de quase dois metros de altura. Esse pessoal é praticamente impenetrável até para mim, que estou habituado com o rio, ou mesmo para os meus colegas do laboratório e para os funcionários do

Governo que trabalham na base. Os infelizes, que decidiram não se sabe muito bem por que sair de suas aldeias para dar as caras aqui nas margens do rio, estão de fato excessivamente próximos daquele cinturão de destruição. A cidade parece atrair como um estômago obscuro. Não fosse por essa base, eles já teriam se enfiado no meio da merda.

E contam outras novidades desse rincão perdido, sempre na tentativa de me impressionar. Na direção do outro rio, encontraram semana passada os pedaços de um ribeirinho perto de um acampamento abandonado. Algumas brasas ainda soltavam fumaça. Lembro de ter visto mesmo uma série de notícias nos jornais, daquelas que atiçam a imaginação canibalística dos gringos e enchem as páginas da internet. Mas por aqui tudo é diferente. Os índios sabem que deve ter sido briga ou coisa de onça.

"Cuidado ou você vai é terminar virando comida de garofo!", brinca um dos trabalhadores. "Pelo menos eu mato a fome de alguém e não apodreço no meio da terra!", respondo e todos riem.

O chefe da base, um paraense que deve ter uns cinquenta anos e nunca perde a chance de me provocar, se aproxima. Pergunto se conseguiram identificar aquelas pistas de pouso clandestinas lá das cabeceiras. Ele diz que estão ainda trabalhando nisso, que eu talvez escute alguns aviões passando pela aldeia durante a noite, mas que não devo me preocupar. Os garofos têm ocupado demais a nossa atenção por aqui, não temos pessoal suficiente para monitorar as outras regiões do mato, explica.

O responsável pela cozinha coloca a mesa do jantar, para

o qual não somos convidados. Eu e Baitogogo então vamos nos retirando para nossa canoa, mas não sem antes escutar as tradicionais provocações do chefe, sempre tentando me testar diante dos índios. No começo, essas brincadeiras me deixavam constrangido mas, agora, simplesmente não tenho mais paciência para as picuinhas deste pequeno mundo. Ele não está fodendo a mulher de vocês? Não vai roubar remédio do mato? Olha lá esse cara!

Os índios ironizam o chefe e o mandam subir e ficar lá em cima, como eu faço. De fato, o chefe nunca sequer pernoitou nas aldeias rio acima. Passa com sua voadeira poderosa, distribui suas determinações e vai embora no mesmo dia. Ele dá uma risada meio sem jeito e segue o protocolo, dizendo que estará à minha disposição nos próximos meses para tudo o que for necessário. É só chamar pelo rádio. Sim, certamente vou chamar dentro de alguns meses, obrigado, respondo de maneira protocolar, sem esconder que prefiro muito mais a companhia de meus parentes na canoa do que todo aquele conforto da base. Sóbrio, militar, mas um luxo para a atual escala de coisas.

Acho que esse e outros chefes que já passaram por ali nunca entenderam a razão do meu desprezo por seus pequenos poderes. E talvez nunca consigam mesmo entender por que eu não me importo com essas hierarquias, tão sabiamente burladas pelo povo lá de cima. Desço as escadas com um ligeiro contentamento, sabendo que dali em diante não precisarei mais prestar contas a branco nenhum, que poderei enfim me enredar novamente nas tramas dos rios e das histórias, sobretudo daquela história que me falta, a do pegador de pássaros, aquela estranha narrativa que, por alguma razão, me envolve com suas raízes brotadas de uma árvore obscura, inacessível.

Num abrigo abandonado na beira do porto, logo ao lado de nossa canoa, armamos as redes e deixamos o sono chegar feito cobra silenciosa.

Labirinto

Baitogogo acorda antes que eu sonhe em abrir os olhos. Está ajoelhado no deque de madeira do porto, com o olhar fixo nas águas, ainda escuras. Enrolado na minha coberta, escuto ele sussurrar um canto que não compreendo. Os outros também acordam e ficam parados em pé, na beira, muito embora o dia não tenha surgido. Resisto a levantar, ainda refém de algum sonho melhor, mas não há alternativa. Rápido arrumamos todas as coisas e partimos ao amanhecer.

A névoa fina sobre a água parece velar um mundo impossível — ainda mais do que aquele dos Babilonitas, que vivem ali ao lado das fronteiras do caos. Fico feliz em deixar isso tudo para trás. Feliz, mas com um cansaço profundo acumulado, vontade de partir para outra. Me anima a perspectiva de que desta vez talvez tudo possa se encerrar, como se algo tramasse um fim para o que, nos últimos tempos, tem me privado de mim mesmo. As coisas obscuras ainda por resolver, a provável conexão do pegador de pássaros com as especulações sobre o surgimento do mundo, um encaixe frouxo e suspeito a indicar algo a ser investigado. Além do mais, tenho pensado muito em seu Antonio Apiboréu e nos velhos lá de cima, as pessoas que realmente me fazem falta. Nesta altura da vida, passados os quarenta, a gente começa a ficar mais apegado a quem não está por aqui só de passagem.

De alguma maneira, descobrir esse encaixe é quase que prestar uma homenagem a esses velhos, cujos conhecimentos sempre me ultrapassaram. É fazer justiça à arquitetura cativante de suas histórias. Por isso, a investigação do episódio do pegador de pássaros se tornou não apenas um dever, mas uma obsessão: nos silêncios com os quais me deparei, parecia se insinuar uma passagem para clareiras insuspeitas. Ou talvez fosse essa minha obsessão um equívoco, um passo além, e bastante arriscado, que eu não deveria dar?

Nesta altura da viagem, o rio deixa de ser aquele espelho vasto e fica mais dimensionável. Agora enxergamos as duas margens que, aos poucos, formam um corredor sinuoso e infindável, o corredor-estômago que nos suga para dentro de seu tempo. Na outra beira, logo vemos passarem os portos das aldeias dos garofos, que batem com as suas bordunas nas árvores e nos observam agitados. Alguns deles remam em nossa direção a bordo das canoas de entrecasca e quase conseguem segurar o nosso barco.

"Se deixar entrar, eles vão mexer em tudo e pegar panela, espingarda, terçado!", exclama Baitogogo. "Empurra a canoa pro outro lado que eles não vão conseguir!", orienta o pai a seus filhos que controlam o motor encaixado na popa.

O nosso motor é evidentemente mais potente e os garofos ficam para trás com certo ar de decepção. Baitogogo conta que um tio finado seu foi viver com eles anos atrás. Depois de tempos sem receber notícia do parente, foram procurá-lo e encontraram sua carne já podre jogada sob uma árvore. Não fossem pelas marcas de dentes de ariranha achadas num osso da canela, a vingança seria certa. Antigamente, as retaliações por ataques desse tipo eram comuns. Os garofos trazem lembranças amargas desse período em que eram perseguidos pelos outros povos daqui. Talvez tenha sido por isso que alguns decidiram descer para mais perto das margens do rio, buscando ficar próximos à base do Governo. Assim, podiam escapar de emboscadas, sem se dar conta do outro mundo que ali acabariam encontrando.

Sebastião Baitogogo é meu amigo de longa data. Foi ele quem pela primeira vez me acolheu e me nomeou. Vivi alguns meses em sua casa antes de passar também por outras. Mas, no final, foi com sua família que criei os vínculos mais fortes. Já trabalhou com os brancos na madeira e na seringa, morou um tempo nas cidades. Perdeu a primeira mulher, a preferida, por causa de um mal fulminante. Casou-se em seguida com a sobrinha dela, a mãe de Ina, que é mais bonita e mais jovem, mas menos interessante.

A simpatia de Baitogogo às vezes contrasta com um fechamento desconcertante, um silêncio que interrompe conversas e indica zonas inacessíveis. Como se o olhar translúcido que ele carrega competisse, nesses momentos, com aquela cicatriz feia que ele carrega na face esquerda, marca conquistada num golpe errado de terçado contra uma galhada. A cicatriz mal costurada vem da bochecha até a base do nariz e esconde uma amargura mais profunda, talvez relacionada à perda da primeira mulher, que aconteceu naquele mesmo tempo do acidente. Suas variações de humor costumam me deixar um tanto deslocado, como se denunciassem a minha condição de estrangeiro, essa condição que eu me esforço para esquecer na tentativa de deixar mais leve a vida por aqui.

Para minha infelicidade, Baitogogo manda seus filhos encostarem a canoa na beira — sentiram cheiro de queixada no ar. Logo se embrenham no mato, enquanto ficamos esperando na canoa infestada de piuns e outros mosquitos. Esse é um dos piores momentos das viagens, capaz de fazer qualquer fraco desistir. Apesar do calor insuportável, cubro todas as partes possíveis do corpo, para não engolir nuvens e nuvens de piuns que entram pela boca e pelo nariz. Eles sabem que não se deve parar nas margens dessa parte do rio, nas terras dos garofos, mas a fome de carne é maior e ninguém resiste à facilidade com a qual os porcos se oferecem para as espingardas.

Tempos depois, voltam com dois queixadas ensanguentados. Esquartejam os porcos ali mesmo e jogam as bandas no buraco debaixo da proa. As tripas também. Se deixar tripa jogada na beira, o Bicho fica ofendido e depois esconde seus animais. O Bicho não gosta que desperdicem as carnes de seus parentes. Por aqui, a ética da caça é tratada com rigor, todo detalhe é seguido à risca no mato, que tem também seu próprio jeito de se vingar.

Nada deixa o pessoal mais animado do que isto: comida de verdade, carne de caça abundante como já não se encontra tanto lá no alto. Mas o cheiro de carniça deverá se tornar a contrapartida ingrata da comida nos próximos dias. O jeito é comer tudo o mais rápido possível, estratégia também para evitar fomes futuras de proteína. Com a canoa cheia de carne, seguimos viagem por volta do meio-dia. O sol a pino castiga de novo, mas é aliviado pela brisa que corta o barco. Margens e margens, remansos e estirões que começam a remodelar os olhos e os ouvidos. Parece que o rio penetra como um verme nas curvas do cérebro e troca as suas direções. Aos poucos todo o resto vai se transformando em ruído, as multidões de vozes e pessoas e demandas da cidade passam para os quartos do fundo da memória.

Os ninhos dos japós pendentes do alto dos matamatás indicam um outro estado. São várias as bolsas que eles esticam nos galhos, aquelas casas de tecido cuidadosamente costuradas com os longos bicos pretos, uma admirável arquitetura que os próprios índios não deixam de tomar como modelo para suas casas. Mas as verdadeiras cidades agora estão ali, naquelas bolsas em que se aglomeram os pássaros, e não nas aldeias dos índios, separadas umas das outras por dias de distância. Nos pássaros, a única multidão.

Essa passagem de canoa é um panorama de variações mínimas que o tempo permite revelar. A sombra das árvores que avança aos poucos sobre as águas com a mudança do dia, a própria cor das águas que se altera nos reflexos, as nuvens que crescem vermelhas conforme se anuncia mais um fim de tarde. Nuvem de guerra, diz alguém ao apontar para um daqueles castelos cor de laranja suspensos no ar.

As crianças enfim se acalmam e consigo recostar a cabeça em alguma caixa, de modo que se torna possível olhar o céu e, ao mesmo tempo, abrir um livro. Aproveito para reler algumas linhas do velho francês. "Na verdade, o mito em questão não é nada além, como tentaremos mostrar, do que uma transformação de outros mitos provenientes, seja da mesma sociedade, seja de sociedades próximas ou distantes." Essa passagem sobre a história do pegador de pássaros tem me perturbado nos últimos tempos. Falta algo nessa reflexão lúcida, tão evidente quanto as variações das próprias margens do rio. Se os mitos são sempre os mesmos, mas transformados aqui e ali, neste e naquele detalhe, recompostos em outras tantas versões que terminam por fazer deles uma vasta trama indefinida, então por que as pessoas ainda assim insistem em contá-los? É verdade que o próprio exercício da variação tem a sua graça. Para Baitogogo e seus filhos, o rio, que para mim é sempre implacavelmente idêntico, revela uma série de paradas, de eventos memoráveis inscritos nesse panorama aparentemente monótono.

Ainda assim, a variação de narrativas é uma ginástica mental. Ela só faria algum sentido se fosse movimentada por alguma coisa a mais — a experiência de contar uma história, talvez, e de ser atravessado por ela, por alguma outra coisa que está por trás das palavras, por uma espécie de mundo particular. Feito os japós vivendo em suas casas que, para nós, não passam de meras bolsas pendentes nos galhos. Mas por que essa recusa dos velhos em me contar a maldita história? E por que fico aqui insistindo em registrá-la quando já poderia estar ocupado com outra? Mas não, sigo adiante, quero ver até onde isso vai chegar.

Um prato de queixada com macaxeira e banana assada cai no meu colo e me faz fechar o livro. De modo ríspido e ao mesmo tempo gentil, a cozinheira consegue me tirar do estado melancólico em que vivo mergulhado e que, nesses tempos, tem me deixado inquieto, insatisfeito com minha incapacidade de antever processos e de recusar um saudável reconhecimento dos meus limites. Olho para o prato e lembro imediatamente que estou varado de fome. Nenhuma carne está à altura dessa, sem sal ou temperos, mas com o melhor sabor possível. De toda forma, é bom cuidar dos pedaços de chumbo que, por vezes, ficam agarrados no corpo dos porcos.

Ina pergunta se eu quero mais e me dá logo outro pedaço. Sua mãe, sentada ao lado, está com os seios fartos por amamentar o seu bebê. As duas mulheres já se desfizeram das roupas dos brancos — artifício para poder circular em paz pelas cidades — e ostentam seus belos colares de miçangas e saias coloridas. Depois da refeição, Ina penteia os cabelos de sua mãe, que recusa as presilhas de flores de plástico compradas pela filha na mercearia.

O céu cheio de estrelas no horizonte começa a se abrir. Noite de lua nova, que promete ser escura o suficiente para exigir nossas lanternas. É claro que a bateria do holofote está descarregada. Vamos nos contentar com as lanternas, que são evidentemente insuficientes para iluminar as galhadas. Passo para a frente e acompanho Baitogogo. Não podemos parar para dormir nas beiras. Aqui ainda é território dos garofos e eles sabem da nossa presença, acompanham o barulho do motor quando passamos pela região.

À noite, as lanternas não conseguem indicar os troncos que se aproximam da canoa, nem sua luz é forte o suficiente para indicar o sentido do rio. Para isso, descubro com eles um recurso alternativo: seguir com os olhos uma linha tênue que separa o céu escuro das árvores, o eixo de um cone que sai do fundo dos olhos e se fecha no ponto de encontro entre céu, mato e rio. A menor ou maior abertura do reflexo delicado da luz nas águas indica se estamos entrando num remanso ou se seguimos em um estirão. Indica também as zonas mais perigosas, nas quais os galhos das velhas samaúmas caídas se acumulam sob as águas, e que devemos sempre contornar. Uma falha pode ser suficiente para fazer o barco rodar e voltar para trás, na ilusão de seguir para frente. Ou então provocar uma batida forte e um possível naufrágio. Percebo, de fato, que a canoa vai com mais rapidez do que deveria, talvez porque estejamos voltando para trás sem perceber.

"Baitogogo, você tem certeza de que estamos subindo o rio?", pergunto lá pelas tantas, já meio perdido com o sentido das águas.

"Parece que é a correnteza, mas pode ser que não. É bom de jogar luz ali pra ver."

"Mas a luz está fraca, não dá pra ver direito."

"Não, joga a luz aqui pra ver o rio correr na contramão!"

"E desde quando o rio corre na contramão?"

"Tu é doido? Ele sempre corre assim! Olha aí, tá correndo errado! Bora voltar!"

Baitogogo percebe que estamos descendo ao invés de subir e manda seus filhos inverterem o sentido da canoa. Nessa brincadeira, já foram umas três horas de viagem desperdiçadas na direção errada. Os últimos anos passados no mato não foram suficientes para me fazer aprender que o rio, nas margens, pode correr em um sentido distinto de seu centro.

"Como é que é isso de o rio correr nas duas mãos?"

"Ele é assim."

"Assim como?"

"Pros dois lados ele corre, parece que tá mangando da gente!"

"E tem história?"

"Ah, tem. Dizem que tem."

"Dizem o quê?"

Baitogogo tira sua garrafinha de rapé. Cheiramos os dois. A noite já pesava nos ombros e o rapé levantava a vista e a história. Ele muda e começa a falar "na gíria", que é como foram forçados a chamar a própria língua. Tento anotar tudo quanto possível na escuridão e confusão de lanternas e curvas do rio. Parece que antigamente o rio corria nos dois sentidos e que, por conta disso, era possível subir e descer sem a necessidade de remar. Foi só depois, quando um malfeitor dos tempos míticos resolveu sovinar o rio, que as coisas mudaram. O malfeitor segurou as águas na sua boca para matar os antepassados de fome. Mas uma piaba começou a mordiscar a sua garganta e ele não aguentou. Terminou vomitando as águas com tal violência que o rio passou a correr em um sentido só. Desde então, ele corre no outro sentido apenas nas margens, mas mais fraquinho.

"Não é bom de escrever isso aí, não, só pajé mais forte sabe contar direito. Eu sei não, sei só um pouquinho."

"Tô escrevendo só pra me lembrar, depois a gente tenta procurar alguém que sabe a história inteira. Qual é o nome da história?"

"*Atãma amaru ogava*, assim."

Anoto uma possível tradução: "Aquele que engoliu o rio antigamente". Baitogogo e eu cheiramos mais um pouco de rapé e seguimos olhando o rio. Uma chuva fina começa a cair, deixando as coisas ainda mais difíceis. O resto da noite vira um esforço ininterrupto para tentar achar o sentido do rio e os troncos que descem das cabeceiras. Muito rapé e cansaço. Cansaço que chega na raiz dos ossos. Baitogogo, exausto e doente por conta de uma malária maltratada, se deita no banco de trás. Passo a conduzir a canoa sozinho, guiando os motoristas que se revezam no outro lado do longo barco.

Por fim, quando minha vista já está viciada pelos truques do rio, o dia começa a amanhecer e o sol se insinua por trás da névoa. Chegaremos em uma aldeia de parentes lá pelas três da tarde. Antes disso, nada de parar nas margens, exceto para cagadas rápidas nos barrancos.

Passamos pela Capoeira Branca, um conjunto de árvores menores que se distinguem entre as mais altas. Baitogogo faz um sinal para seus filhos e me conta que foi ali que os cabeludos trucidaram os antigos pela primeira vez. Parece que era um pessoal caçador das cabeceiras que tinha vindo em busca de mulher. Encontraram uma aldeia que ficava ali, na qual vivia o avô de Baitogogo, e começaram a fazer festa. Lá pela meia-noite, os antigos ouviram o choro do bacurau. Depois desse, outro e mais outro bacurau começou a chorar. Algo estranho estava para acontecer.

Os antigos começaram a desconfiar dos visitantes e, discretamente, tocaram as mulheres para dentro do mato. Os cabeludos, porém, perceberam o movimento e começaram a atirar flechas envenenadas em quem podiam e a tocar fogo nas malocas. Os que fugiram para o mato se salvaram, os que ficaram acabaram morrendo por feitiço. Parece que os cabeludos fugiram levando duas adolescentes. Foram voando por cima das árvores e ninguém mais conseguiu encontrá-los. Dizem que era gente-morcego, gente que vive em outro lugar.

Baitogogo vem se sentar ao meu lado e pergunta se eu conheço todas as cidades do mundo. Pergunta se dá para telefonar para todas as cidades do mundo. Eu digo que sim, que dá para telefonar, mas que só conheço algumas cidades. Ele se dá por satisfeito e, em seguida, pede comida para a sua mulher. A mãe de Ina nos traz outro prato de carne de queixada e macaxeira, que comemos juntos. Ele pergunta se minha família está bem e se minhas três irmãs mais novas têm filhos. Digo que sim. Que todas elas já estão casadas e com filhos.

"E você tá sozinho por quê? A sua mulher não tem filho, não?"

"Não tenho mulher, meu irmão. Deixei aquela e fiquei sozinho."

"Sozinho? Tu é garanhão! Tu é doido?"

"Não sou garanhão não, meu caro, é que fica difícil de ter mulher e vir trabalhar aqui."

"Vem morar aqui mais a gente, então! Abre roçado ali atrás da casa do Pavõ. Ali tem muita terra boa, terra preta!"

Baitogogo conta para as mulheres o que estávamos conversando. Ina ri e diz que me acha triste. Sua mãe fala que estou meio magro e me serve mais um prato de carne de porco. Baitogogo conta a história de um rapaz que ficou triste e foi levado pelo Capitão do Mato. Eu digo que não estou triste, apenas sozinho. De fato, para eles não faz sentido uma pessoa sozinha. Por que alguém escolhe ficar sozinho? Tristeza é coisa de pessoa desgarrada, desaparentada. Minha condição parece para eles um enigma. Eu me tornei parente pelo convívio, pelo alimento repartido, pela confiança, mas por que teria deixado os meus em minha terra? E por que não teria filhos? Por que, enfim, insistia em viver ali com eles? Eu mesmo não sabia direito dar sentido a isso tudo, não sabia até que ponto era convincente para eles e para mim também. Já começava a ficar cada vez mais descrente das minhas próprias verdades — exceto por aquela obsessão, a história do pegador de pássaros.

No final da tarde, quatro horas depois do previsto, nos aproximamos da aldeia do barranco vermelho, a primeira depois de dias de viagem. Os moradores nos esperam enfileirados no alto do pequeno morro. A fumaça saindo da grande maloca é sempre bom sinal, indica que tem comida boa. Atracamos a canoa no porto e aproveitamos para nos banhar antes de subir. Ao pisar na terra, tudo balança como se fosse cair. O corpo está moído, como se tivesse sido atropelado. Limpos e com os sentidos um pouco mais estabelecidos, subimos para a aldeia. O filho mais novo de Baitogogo fica ali para cuidar das coisas.

Oleno, o velho e simpático cacique de uma perna só, nos recebe satisfeito e nos conduz para dentro da maloca. Sentados na costumeira forma de triângulo, passamos as mãos na cabeça uns dos outros em sinal de reconhecimento. Em seguida, Baitogogo relata por cerca de uma hora, ignorando a fome de todos, as suas últimas experiências. Ninguém interrompe a sua palavra. Baitogogo conta que tem sonhado com o sujeito que não tem rosto. Surgido do meio da escuridão, o sem rosto avança em sua direção e lhe entrega um banco em forma de urubu, uma agulha de costura e uma caixa com cantos. Ele entrega tudo isso, recua e desaparece de novo no escuro.

Oleno escuta atento o relato de Baitogogo; todos nós escutamos atentos, enquanto as crianças e alguns adolescentes ouvem alguma dupla sertaneja da moda no rádio. Oleno diz que não tem sonhado nada, que está mesmo com olho de morto e que anda dormindo feito cachorro velho. Eu também, aliás, ando ainda com as noites opacas, como se a cabeça estivesse lacrada por aquela melancolia insistente. Baitogogo convida Oleno para subir conosco e ficar em sua casa por um tempo, mas ele declina, tem roçado grande para botar e duas filhas grávidas quase parindo nas próximas semanas. E finalmente começam a vir os pratos de comida. Todos passam rapidamente a devorar aquela cabeça de anta e os fetos assados de macaco-aranha, que vêm embrulhados em folhas de bananeira. Eu mesmo fico só na macaxeira e nas bananas maduras que alguém me entrega.

Uma diarreia que já tramitava em minhas vísceras começa a descer com uma fúria implacável. Saio correndo para fora da maloca e me alivio numa trilha vazia. O resto da noite vira uma sucessão de cochiladas e cagadas violentas no mato. Tudo o que eu precisava para me enfraquecer logo no início da viagem. E para me fazer sentir ainda mais ridículo, melancólico, com o corpo amuado pela falta de sexo. Na manhã seguinte, mando ver na sulfa, a única coisa que parece segurar esses bichos violentos, mesmo que o efeito colateral seja uma longa e difícil prisão de ventre.

Aproveitam para tirar sarro da minha cara, pois o caminho para o roçado amanheceu infestado de merda. Não aprendo que não se deve cagar nos caminhos, mas como é que vou me meter no meio do mato sob o risco de sentar em cima de uma cobra ou de ser atacado por alguma onça? Paranoia minha? Baitogogo conta de novo a história do bicho-preguiça que cagava tudo o que comia e acabou devorando toda a mata até que sobrou sozinho em cima de uma árvore. Ele sempre conta essa mesmíssima história quando tenho diarreia. As crianças rolam de rir e apontam para mim, o cagão. Envergonhado, embora acostumado com o implacável senso de humor local, desço o barranco em direção à canoa, mas não sem me despedir de Oleno.

Um dos filhos de Baitogogo tira férias do motor e vem sentar ao meu lado. Quer saber o que fazemos nas cidades com os lábios das bocetas das mulheres. Eu digo que há quem goste de chupá-los ou de lambê-los devagar. Digo para a minha própria infelicidade, porque lembrar desse tipo de coisa agora não facilita em nada o meu estado de ânimo. Ele faz cara de nojo e conta que uma menina da cidade ofereceu a boceta para ele beijar.

"E o que você fez?"

"Não chupei, tem sangue."

"E quando tem sangue não pode?"

"Não pode. Fica ruim depois de caçar, não acha bicho no mato."

"E quando não tem sangue?"

"Pode não, é perigoso isso aí. Dá coceira no ouvido e depois a pessoa pode morrer. Fica com a barriga cheia, não é bom, não."

O menino passa para o final da canoa a fim de ajudar seu irmão. Não sei se chegou a pensar como até agora não morri por conta disso, mas enfim, parece que temos mesmo corpos diferentes. Eles atravessam com serenidade a falta de sexo, já que nem sempre há garotas disponíveis para se divertir. E mesmo a diversão aqui é diferente nesse assunto. Eu, porém, já encarei essa privação de modo mais tranquilo. Agora me dá cansaço.

Seguimos rio acima com o céu fechado. Ina tenta assoprar as nuvens e mandá-las para o outro lado da terra. Logo uma tempestade cai e nos abrigamos embaixo do teto da canoa, tentando proteger as cargas com pedaços de lona e folhas de bananeira. Fico com o corpo encolhido entre os joelhos. O barulho do rio e da água torna desnecessário qualquer pensamento. A mente escorrega na correnteza e vai talvez parar no mar. Penso em sexo, de novo e de novo, penso em como por um bom tempo vou ter mais uma vez que me contentar com a imaginação, por sinal cansada de atender esse tipo de solicitação. Através dos meus joelhos, consigo ver um detalhe dos peitões da mãe de Ina, molhados com a água da chuva. Melhor fechar os olhos e deixar o tempo passar.

Lembro de Baitogogo me dizer certa vez que os mortos podem foder com quem quiser em seu mundo, como se lá os limites estivessem todos suprimidos. Os mesmos limites que também encontramos em nossas cidades, aliás. Minhas divagações (e as deles) contrastam bastante com a vida que tenho levado por aqui. Com o tempo, a própria Ina passou a entender que eu não iria me deitar com ela de jeito nenhum. Não faltaram convites e investidas e nem, aliás, o meu desejo. No começo, ela achava que tudo seria fácil. E talvez fosse mesmo assim, fácil e natural. Mas eu não sabia quais poderiam ser as consequências, então nunca quis arriscar o trabalho e o respeito por quem sempre foi agredido pelos brancos, só para conseguir umas trepadas. Sempre vivi tudo isso como uma espécie de rito de passagem, no qual a abstinência tinha o seu sentido e seus bons resultados.

Ou pelo menos isso era o que eu pensava e dizia para eles, eram as justificativas éticas nas quais eu tinha que me agarrar para poder viver por ali. Agora, porém, o poder de convencimento desse discurso começava a se desfazer pelas bordas. Que se foda toda essa merda. Por que não agarrar aquela garota? Não somos todos a mesma coisa, os mesmos corpos? Então por que evitar? Mas logo vinha o cálculo amargo dos prejuízos. E eu me recolhia para a posição do hóspede bizarro, ali com a cabeça enfiada entre os joelhos, quieto para não azedar o clima bom que conquistei com tanto esforço.

Anos depois de viver com aquela gente, eu ainda não sabia como seria foder, ainda mais como seria viver com uma mulher deles. E talvez nunca soubesse. Ou pelo menos tinha consciência de que isso implicaria outra opção, outra vida que eu não havia traçado para mim. Que isso implicaria passar para o lado de lá e estender os vínculos por aqui de um modo provavelmente irreversível, como fez aquele ecólogo inglês que trabalhava com o povo do outro rio. Ou então simplesmente ver as relações desandarem para uma desconfiança que eu não estava nem um pouco interessado em bancar.

A chuva insiste nas nossas costas e sigo com a cabeça entre as pernas, olhando para aqueles peitos que me inspiram. Mas Baitogogo senta-se ao lado de sua mulher e tapa a minha vista secreta e especial. Não chega a abraçá-la, raramente vi por aqui abraços ou beijos entre casais. Apenas a protege com seu corpo, amenizando o frio da chuva.

A água entra pelas laterais da cobertura da canoa e encharca tudo. Por horas, é impossível fazer qualquer coisa a não ser ajeitar as lonas e folhas, tentando se esconder das gotas. Busco ocupar o pensamento, mas tudo é música de cobra, corpo de cobra de água, dedos de cobra de água correndo por minhas costas e meus ouvidos.

Minha coluna começa a travar. Já se passaram vários dias de viagem e apenas algumas poucas horas para esticar o corpo. Não sei por mais quanto tempo aguento o tranco. Baitogogo tem uma nova crise de febre ao meu lado. Fico só esperando para ver quando vai chegar a minha vez. Passo a tratá-lo com os remédios que trouxe. Sei que em dois dias ele deve ficar bem, mas até lá já me arrebentei de novo tentando controlar esse leme duro da canoa, uma gambiarra construída com roldanas velhas e correntes de ferro que exigem muito braço, ou rapé, para ser manejada.

Fico pensando que essa viagem pode não ser a última, fico com receio de que seja, também, uma das mais longas e difíceis. Mas se for a última, o que farei depois? Como poderia deixar de vir para cá, mesmo estando cansado? É provável que não consiga traduzir a história, ao que tudo indica uma das mais longas que eles conhecem. Por isso me enrolam há anos quando pergunto sobre ela? Quando o tema surge, seu Antonio Apiboréu, o sogro pajezão de Baitogogo, sempre se retira e diz que está cansado. Por que expressa aquele ar de contrariedade e de reprovação quando toco no assunto? Justo ele, que nunca deixou de me explicar nada, me deixa à deriva com seu silêncio abissal. Não é possível que não tenha nada por trás disso. Mas então por que conseguiram registrar tantas outras versões em outros povos, versões suficientes ao menos para que o francês tivesse escrito seus livros clássicos sobre a história?

Se por aqui há essa resistência, deve ser porque se trata da melhor, da mais completa e mais significativa versão conhecida nas Américas. A melhor, com certeza a mais importante! Aquela que termina por fundamentar o surgimento do mundo? Ou não será nada disso, apenas mais uma das minhas mitomanias desacertadas? Preciso tirar isso à prova, preciso mostrar que esses velhos têm mesmo algo de extraordinário, preciso mostrar que persigo a intuição certa, preciso fazer com que percebam como é insuficiente o que eles acham que sabem, eles, os especialistas, os ditos especialistas.

No laboratório, os professores mais experientes desconfiavam dos meus relatos e ideias um tanto aceleradas, mas sabiam que o meu envolvimento com aquele povo tinha se tornado realmente intenso, de modo que eu até poderia ter razão no que dizia existir. Uma versão longa, quiçá a mais completa da história do pegador de pássaros. A narrativa que magnetizava pelo seu próprio nome, "O pegador de pássaros", que me carcomia por dentro nos últimos tempos, como que indicando algum colapso ou deflagração.

O Marcelo Vieira de Andrade, aquele paulista competitivo que tinha estudado na Sorbonne, não perdia a chance de me desqualificar com suas ironias. Vinha com seus ridículos ombrinhos de passarinho encolhidos dentro da camisa polo, sentado ali nas primeiras cadeiras da sala de reunião, com seu ar de superioridade, com sua carapaça de cinismo. Eu achava graça e tentava não cair nas armadilhas. Queria imaginar que isso tudo sempre foi mais, ou talvez menos, do que uma questão de carreira ou profissão. Queria me fixar no escuro, quieto e magnético, que se aloja no fundo das árvores. Mas aquelas vozes, o cara esnobe e as garotas mais novas da sala, os professores sempre caçando algum argumento falho para nos desqualificar, aquelas vozes roçavam no fundo do meu ouvido. E essa merda de corrente que agarra na madeira do barco e não deixa o leme virar, essa merda de lombar que não me dá sossego.

A canoa para com um tranco forte que quase arremessa os carregamentos na água. Uma samaúma gigante atravessada no rio bloqueia a nossa passagem. Descemos os quatro, eu, Baitogogo e os dois filhos, com machados e facões em punho. Um gavião preto voa por cima da nossa cabeça. É o do Apiboréu que tá acompanhando a gente, diz um dos meninos, sem olhar para cima. Gavião seguidor, eu penso. Está aí vendo com sua vista de cinema, cobrindo o tempo com aquelas asas.

O dia inteiro passamos rachando a parte mais afinada do tronco, coisa que pouco tempo de motosserra teria resolvido. Minha mão sangra nos calos, não aguento nem a metade do esforço que eles fazem. Lembro de quando essas tarefas de viagem atiçavam meus músculos e minha vontade, que ganhava vigor com o esforço gasto no mato. Agora constato como o tempo passou desde as primeiras vezes, quando essas epopeias rio acima serviam para provocar fascínio e transformação. Mas hoje para que tanto? Não faz mais sentido e nem tenho mais idade para testar minha capacidade de superação. Os limites já foram percorridos, tornaram-se excessivamente familiares e, por isso mesmo, desgastados. E pensar que, daqui em diante, ainda teremos pelo menos mais cinco dias, isso sem contar com os atrasos de sempre.

Pela primeira vez desde que passamos pelas instalações do governo, acampamos em um começo de praia. Na areia macia, as crianças brincam com tocos de madeira, enquanto as mulheres moqueiam os últimos pedaços de queixada. Um dos momentos que mais se aproxima da quietude completa, dificilmente encontrada fora desse mundo fechado pelas voltas do rio. Ina chega com vários ovos de tracajá encontrados na areia fofa. Iguarias que eles sabem usar com cautela e que darão uma bela amenizada no nosso jantar, já saturado de tanta carne de porco. Pego um saco de açúcar, misturamos com farinha e mexemos tudo com as gemas ainda cruas, para fazer um mingau amarelo espesso que aplacará a nossa fome até o dia seguinte. Enquanto anoitece, a calma vai sendo aos poucos ocupada pela voracidade do escuro e sua polifonia de sons do mato. Armamos as redes bem perto umas das outras, que é para onça não pegar ninguém de surpresa durante a noite. De novo, lembro do que pode acontecer quando sujeito dá bobeira cagando ou dormindo sozinho no mato: onça ataca o cara desprevenido por trás. Ela crava os dentes no meio do crânio e puxa a pele para baixo, escalpelando com eficácia a presa-inimiga.

Quase mijo na rede de tão pesado o sono, impossível ter um sono assim na cidade. Mas ainda estou refém da noite opaca, muda, sem a sucessão de sonhos oraculares que acontece com o acúmulo dos dias no mato. Por enquanto ainda sou uma pessoa incompleta. Antes do amanhecer, todos já estão de pé com as redes desfeitas. Perguntam se eu não morri, se a rede não me engoliu, dão risada de mim, que sou, para variar, o último a levantar.

Seguimos rio acima, numa viagem ainda muito difícil e cansativa. Mesmo com a canoa mais leve pela gasolina já consumida, os troncos e galhadas do rio se tornam maiores, e mais arriscados nesses dias de água baixa. Perdemos uma hélice em algum dos troncos; a sorte foi ter comprado outras duas, como reserva.

Ao meio-dia, fazemos uma parada na casa do seu Enviro, um senhor de idade avançada e único índio mestiço que ficou por ali depois de demarcado esse imenso continente intocado. Ele cria porcos em um cercado pequeno e é casado com uma mulher muda. Os funcionários do governo autorizaram a sua permanência depois que se comprovou o seu longo vínculo com o pessoal dessas terras, bem como seu domínio da língua local. Enviro, antigo mercenário contratado pelos patrões para "botar os bugres para correr", como se dizia e se fazia naqueles tempos, para roubar o território e explorar madeira, no final se afeiçoou aos índios do mato fechado. Acabou montando uma pequena casa em algum lugar aqui perto. Dizem que se escondeu dos patrões por alguns dias no mato, que foi dado por desaparecido, comido por onça ou pelo Bicho. Na verdade, como me contou certa vez, ele não queria mais viver como animal de carga, como pau mandado da crueldade alheia. Se não me engano, vem daí essa sua perna esquerda manca, resultado de alguma violência que sofreu em outros tempos, quando trabalhava para os patrões. Seu Enviro nos serve batata-doce e melancia. Como de costume, me pede alguns cartuchos de espingarda, que eu disponibilizo sem pensar duas vezes.

No final da tarde, chegamos na aldeia Porta da Esperança. O nome vem mesmo do programa, que o filho do cacique gosta de assistir quando vai à cidade. Baitogogo quer passar a noite ali. O filho do cacique me disse que queria pedir ao Sílvio uma fazenda de antas quando fosse ao programa. Assim ele não precisaria mais caçar. Como faço para ir no programa, me pergunta. Não tenho ideia, respondo. Mas você pode pedir para mim quando voltar? Não sei como fazer isso, digo. Mas ele não é seu pai?, insiste. Não, não é meu pai, explico.

Igor Oboro, um senhor de um metro e cinquenta e voz fina, vai cantar de noite. Ele é pajé-mucura, especializado em encontrar coisas perdidas. Essa é uma das sessões que mais gosto de acompanhar. As pessoas-mucura, quando vêm, dançam de maneira completamente inusitada e soltam cantos engraçados. Sebastião Baitogogo e todos nós cheiramos rapé por toda a noite, esperando os cantos. Acompanhado de sua mulher, Oboro rasteja de quatro pelo terreiro e enfia a cara na terra. Uhunununununuhhn. Uhnhnununununh. Hãmhãmhãm. A mucura encontra a alma do neto de Baitogogo que foi viver em algum canto remoto, talvez com as ariranhas. Depois os cantos se aquietam e nos retiramos para dormir. Pajé-mucura também dorme em sua rede, tendo feito o possível para achar as coisas desencontradas.

Continuamos no dia seguinte pregados de sono, depois da noite em claro com Oboro e sua família. Logo adiante, perdemos a segunda hélice em um tronco safado fincado no fundo do rio. Agora toda atenção é pouca para conseguir chegar com a última intacta. O final da viagem é sempre a parte mais perigosa, por conta do cansaço e da desatenção de todos.

Aproveitamos para pegar um cacho de açaí que dava bobeira fora de época, pendurado num barranco. Um dos meninos mata dois mutuns gordos e seguimos viagem. Meu joelho dói. Quando viro rápido para ver alguma coisa, um calafrio percorre minha espinha. Sinal de que em pouco tempo a febre chegará, bem antes do que o esperado, logo no começo da longa estadia. Endureço por dentro e enfrento. Afinal, essa é a condição que escolhi para mim.

No último dia de viagem cai uma tempestade sem fim, que acaba encharcando todas as malas, papéis e mantimentos. Tento me esconder sob uma capa de chuva, com a clássica posição da cabeça enfiada entre os joelhos. Arroz, macarrão e macaxeira fria. Horas e mais horas encolhido entre os joelhos. Três dias inteiros sem cagar. Silêncio e silêncio, enfio a mente dentro da mente, durmo hipnotizado pelo barulho incessante do motor, viro quase nada ali, sentado na canoa, já transformado em banco de canoa, em caixa, em coisa de carregar.

No final da tarde, vamos enfim nos aproximando de casa, da saudosa aldeia da Volta Grande que, logo mais, aparecerá atrás de uma curva. A aldeia e seu barranco alto repleto de palmeiras antigas e frondosas, barranco vermelho que reluz contra o céu azul profundo. Mais algumas voltas e lá está. A canoa diminui aos poucos a sua velocidade e vai atracando na praia de areia branca, na qual costumo me banhar. Exceto por Antonio Apiboréu e pelos filhos de Baitogogo, ninguém mais nos espera no porto. Sinto certo desapontamento, mas sei que já não sou novidade por aqui, o que não deixa de ter o seu lado bom.

Ainda assim, rapidamente desce para a praia aquele enxame de meninos, provavelmente mais interessados nos sacos de balas e bolachas do que em mim. Feito formigas, eles carregam todas as coisas para cima enquanto tentamos nos recompor na praia. A cabeça está mais desnorteada do que nunca, o cansaço quase que se transforma numa espécie de alucinação. Vejo todos os meus pacotes de macarrão, biscoitos e feijão espalhados ao longo do caminho, caídos das caixas esfaceladas pela chuva. Pouco importa. Sei que, no final, estarão intactos dentro da minha casa e que aqui nunca ninguém rouba nada meu.

Antonio Apiboréu me recebe com um beijo, coisa que só se faz nas chegadas e partidas, e chora um canto triste de boas-vindas.

Você voltou, pequeno irmão
Estela sem casa do céu
Estela que despenca na terra
Você voltou, pequeno irmão
Araçari planando no roçado
Araçari solitário no verão

Abraço com força o velho e vamos subindo devagar. Antonio Apiboréu não é como Baitogogo, que às vezes se fecha em silêncios circunspectos, impenetráveis. É presença de comoção. Tem a alma adocicada. Não se encontra gente assim em qualquer lugar.

O centro do mundo

Nas cartografias antigas, o fim da terra era rodeado pelo rio Okeanos. Depois dele, não se sabia o que poderia existir. Contava-se então que alguns temiam despencar em um abismo aberto no final do mar. Outros relatos diziam que Alexandre, o Grande, combatia exércitos de pessoas-árvore com cabeças no peito. Esses exércitos ficavam na última terra, antes talvez da Ilha dos Bem-Aventurados.

Por aqui também há essas figuras das beiras do mundo, mas a percepção do espaço é bem outra. Não faz muito sentido aquele oceano que termina num abismo de nada, mesmo que a terra também seja pensada como um prato ou disco achatado que boia sobre a água, presente desde os tempos antigos. Em seu final, o rio horizontal dá a volta nessa abóbada azul e se encontra, ali na raiz do céu, com os dois outros rios que vêm de cima e de baixo. O de cima é rio branco de passarinho, o rio do dia. O de baixo é rio dos mortos, rio escuro da noite. Ambos se encontram na raiz do céu, que é caminho de pajé. Por ali passa toda uma infinidade de espíritos e mortos. E aqui no meio imagina-se que estamos nós, as pessoas que vivem nessa aldeia da Volta Grande e nas outras próximas.

Em nossa chegada na aldeia, percebemos que Antonio Apiboréu não esconde certo desapontamento por não terem trazido carne de caça grande, já que ela é abundante rio abaixo e, portanto, muito desejada pelas pessoas daqui. Como chove há dias nessa região das cabeceiras, os bichos se escondem no mato e os caçadores sofrem de vergonha por voltarem do mato de mãos vazias. Em nossa primeira refeição, comemos jacaré com macaxeira, mais arroz e feijão, que eu trago já prontos da minha casa. A casa, aliás, está perfeitamente conservada, tudo no mesmo lugar em que deixei meses atrás, todas as quinquilharias ali arrumadas e devidamente cobertas com a poeira fininha que se desprende da palha do telhado. Antonio Apiboréu reclama que jacaré dá coceira, que não é comida de gente, enquanto devora o feijão. Fica um pouco bravo com seus parentes, que não encontraram coisa melhor para me dar de comer.

De tarde, me sinto indisposto e deito na rede, enquanto começo a distribuir alguns pacotes de miçangas para as mulheres que vêm recebê-las. De dentro da minha casa, escuto o chiado melancólico do rádio que fica na farmácia, entrecortado pela algazarra dos japós que fizeram uma verdadeira cidade na copa das embaúbas. Por muito tempo estive aqui, nessa mesma posição, deitado na rede a escutar esses ruídos, lendo e escrevendo enquanto adoecia ou não havia nada melhor para fazer. Aos poucos, o barulho dos japós, durante o dia, e toda aquela infinidade de outros sons dos grilos, rãs e pássaros da noite, metamorfoseiam a mente, até que nada, ou quase nada, reste do lastro que me ligava àquela antiga realidade das ruas e dos carros. É apenas nesse momento que, durante a noite, mesmo dentro do sono pesado, começo a despertar.

Benedito Geriguiguiatugo, auxiliar de enfermagem e meu amigo, vem tomar café com sua família. Como de costume, devoram uma boa parte de meu acervo de bolachas, que deveria durar alguns meses.

"O pessoal de cima tá te chamando pra conversar. Você vai lá?", diz Geriguiguiatugo.

"Você vai comigo? O que é que eles querem?", pergunto.

"Não sei não, ouvi negócio de presidente, de roguete."

"De quê? De foguete?"

"É, roguede."

"Foguete."

"Isso aí que tão falando. E de presidente, governo."

"Vamos ver o que o pessoal quer. Mas deixa pra depois de amanhã, não estou muito bem ainda não", confesso.

"O pessoal lá de cima tava falando besteira. Falaram que foi você que fez nenê na Ina, que é de você que ela gosta. Depois viram que o bichinho não tinha cara de branco e pararam com essa conversa."

"Conversa brava. Esse pessoal gosta de inventar."

"É mesmo. Mas agora tá calmo, não tem mais problema. Já tem mulher?"

"Não tenho, não."

"Tem não, é?"

"Não, deixei aquela."

"É?"

"É."

Passei os remédios para Geriguiguiatugo e mais a faca que ele tinha encomendado da última vez. E tentei me aliviar do calor, que consegue tirar a leveza de qualquer coisa. Não há lugar sob este sol que seja suportável; só balançando na rede é que se encontra um pouco de refresco, o corpo avançando e recuando no bafo pesado. A mulher dele fala alguma coisa sobre doença de bicho, fala de um tipo de desenho que usa para curar doença de bicho. Em outro momento eu teria anotado tudo, mas agora o calor me destrói. E meu foco está no pegador de pássaros. Um foco único e preciso. Afinal, de que me interessariam agora esses detalhes, se aquela inquietação de fundo não me diz outra coisa senão isto, senão esta necessidade voraz de registrar a tal bendita história?

A filha pequena de Geriguiguiatugo vem caçar espinhas na minha testa — uma diversão para as crianças daqui, vai saber o que tem de interessante nisso. Sua mulher elogia as miçangas, diz que são gordinhas e boas para fazer cintos. Miçangas tchecas caríssimas, as mulheres só querem dessas mesmo. Tive que comprar com o meu próprio dinheiro, porque o laboratório resolveu cortar aqueles penduricalhos que costumam acompanhar as verbas mais fartas. Ela puxa conversa comigo e pergunta como é a minha terra. Sempre me pergunta isso quando venho para cá. Digo que lá tem montanhas altas de pedra. Ela fica espantada e quer saber se não saímos voando, jogados pelo vento quando estamos em cima da montanha. Bem, eu digo, não necessariamente, as montanhas são muito grandes e, além disso, a cidade fica mais para baixo. Ela me acha triste e me pergunta por que eu ainda não me mudei para cá, por que não botei roçado para ficar por aqui de vez. Digo que não estou triste, só sou assim desse jeito mesmo, meio esquisito, penso. Mais esquisito do que antes, pois a obsessão de agora nada tem daquela ingenuidade determinada dos primeiros tempos, daquela energia tola de gente mais nova.

A família parte e já escurece. Hoje durmo mais cedo em casa, para descansar; não vou na maloca puxar conversa com o Antonio. Preciso me recuperar o quanto antes da viagem, que é para aguentar o tranco quando o bicho pegar por aqui. Logo mais, as coisas começam a virar de cabeça para baixo, provando que esse cotidiano pacato não passa de uma ilusão.

Noite de febre forte, malária infalível. O corpo treme sem parar, os dentes cerrados, o corpo todo encolhido na rede. O teto da casa aumenta até o céu e depois diminui no meu nariz. Escuto os passos das pessoas lá fora, como se seus pés fossem de ferro, tudo soa como se fosse de ferro. Depois não escuto mais nada. Quarenta graus ou mais, devo estar perto de uma convulsão. A cabeça inchada, castigada, como se enfiassem um prego pelas têmporas. Essa febre é uma infância revivida, desamparo do corpo sem fronteiras. As luzes todas alteradas e também o espaço alterado seriam uma bela experiência, não fosse a dor, não fosse o mal-estar.

De madrugada, Baitogogo vem com sua esposa trazer mingau de macaxeira, coisa comum nessa época do ano. Acordar os outros para tomar mingau de macaxeira, desta vez até que veio a calhar, por conta da febre. Acendo a lamparina, cuja luz contorna os belos seios da mulher do meu irmão, melhores do que qualquer alimento. Com isso consigo dormir por mais algumas horas. Mas já se aproxima o final da noite e as galinhas, dentre todos os lugares da aldeia, evidentemente escolhem cacarejar embaixo do assoalho da minha casa. Espeto-as com um cajado especialmente preparado para isso. O objeto passa pelas frestas do assoalho; quase consigo matar uma e então todas fogem histéricas, velhas galinhas neuróticas e imbecis. Durmo por mais alguns instantes, mas sei que o sossego aqui não dura muito. Como de costume, poucos minutos se passam até que galinhas e crianças venham em bando me chamar por baixo do tapiri. Você morreu? Acorda! Você morreu? Acorda! Você morreu?

Com a cabeça pesada e o corpo inteiro moído, nada resta senão verificar logo a intensidade da febre. Colho sangue pela manhã e faço eu mesmo o exame no microscópio. É uma malária do tipo vivax, mas deve ser das bravas, provavelmente uma recaída. Os plasmódios parecem pequenas constelações infiltradas no sangue, a beleza dos parasitas em suas galáxias particulares. Depois de ter estudado a formação da malária nos livros do laboratório, não é que passei a achá-la uma doença bonita? Mas nada compensa o seu estrago. Nada, nem mesmo esses microrganismos fascinantes que vêm se alimentar das minhas hemácias.

Impossível pensar ou fazer qualquer coisa nos próximos dias, o remédio é terrível e causa coceira no corpo inteiro, como se a todo instante eu fosse picado por uma infinidade de pequenos mosquitos. A vista turva, as pernas fracas. A luz refletida na areia batida do terreiro dá a tudo um aspecto irreal, sonho acordado dentro do sonho, mundo por trás do vidro da garrafa. Rabisco algumas besteiras no caderno, só para manter o hábito; leio algumas páginas do livro da vez e já sinto aquela melancolia apertando a garganta.

Resolvo deixar o pessoal de cima para depois. Minha cabeça parece explodir e pede descanso antes de encarar outra viagem e outras aldeias. Mas dei sorte, pois hoje chegou por aqui o Tarotaro, o mais velho pajé das cabeceiras, que veio curar um bebê recém-nascido, o décimo filho de Geriguiguiatugo. Quero ver se dessa vez consigo arrancar dele a história. Tenho que conseguir, não existe outra possibilidade. Como poderia encarar de novo o tranco, se ele não me contar agora?

No final de tarde, a maloca ainda permanece um forno insuportável por conta das fogueiras acesas para cozinhar, mas todos estão por lá, deitados em suas redes, ou andando de um lado para o outro. Esse é o momento do dia mais caótico na aldeia, quando todos voltam do banho e se preparam para comer, enquanto as crianças berram de fome e as mulheres passam com suas panelas e cestos de comida e troncos trazidos nas costas. A única alternativa é fugir para a praia e mergulhar no rio para aliviar o calor.

E faço isso logo, mesmo com a desaprovação da mulher de Antonio Apiboréu. Ela sempre diz que é no fim de tarde que o Espírito Ariranha atravessa o rio subterrâneo e que é perigoso ficar ali. Se mangar dele, Ariranha pode entrar por trás da pessoa e rasgar seu pulmão, sem que se perceba. Na manhã seguinte, o sujeito começa a tossir e a cuspir sangue. Cai morto em poucos instantes. Pajé nenhum e médico branco nenhum resolve. Eu sei disso, e sei que nessas horas a malária também está à espreita, mas o calor é insuportável, o sofrimento causado pelo calor no fim de tarde é pior que em qualquer outro momento do dia.

Pasho, o anão, é o único que me acompanha nesses banhos de fim de tarde. Figura tão estranha quanto eu, parece que não tem medo de Ariranha e aproveita o sossego dessa hora em que ninguém mais está na praia. Nada mais esquisito do que ir à praia vazia. Por que sujeito insiste em querer ficar sozinho, ainda mais por ali? É o que o pessoal deve pensar de mim. Pasho tem uma cabeça larga, quem sabe resultante de alguma forma de hidrocefalia, o rosto bastante redondo e grande, mas também um olhar doce. Tem corpo de criança, embora seja forte, com as pernas arqueadas e um tronco curto, atarracado, os braços pequenos. Tem mais de vinte anos e, no entanto, ficou assim, como se fosse um menino pré-adolescente.

Sentado na areia da praia, gosto de perguntar pelos sonhos do anão. Às vezes ele não tem nada a dizer, mas hoje murmura em sua língua particular uma narrativa bastante estranha. Sonhou com as carnes e os ossos de sua mãe espalhados por todo o céu. A abóbada azul inteira havia sido preenchida pelos ossos e carnes da mãe falecida, que ele nem conheceu, como se fosse uma colcha de retalhos ensanguentada. A imagem me impressiona, um céu coberto de ossos e carne, uma mãe-mundo ao avesso.

Pasho é um dos filhos da primeira mulher de Sebastião Baitogogo. Na verdade, ela partiu logo quando deu à luz o menino. Assim que Pasho parou de crescer e começou a apresentar problemas de fala, Tarotaro, o pajé, ordenou que ninguém jamais deveria maltratá-lo. Um sonho seu revelou que, se por acaso algum dia alguém assim o fizesse, todos os membros da família de Baitogogo começariam a morrer, um atrás do outro, e depois a terra tremeria e um grande incêndio queimaria o meio do mundo. Parece que ninguém ousou experimentar.

De fato, Pasho é sempre bem tratado por aqui. Por ter nascido no mesmo instante em que sua mãe morria, ele é considerado uma espécie de espírito. Não é bem pajé, mas às vezes tem visões e revela coisas, costuma sonhar com a mudança do tempo e com as tempestades, com fogos iminentes em alguma aldeia, coisas assim feito aquele sonho do céu ensanguentado, o céu-carnificina materna. No mais, está o dia inteiro pescando e caçando calangos com as crianças.

De banho tomado, eu e Pasho subimos para a aldeia. Ele insiste em levar o meu balde de água nas costas. Deixa o balde na porta de casa e pede um anzol. Com isso, vai pescar pequenos lambaris, que costuma trazer depois para comer frito, em minha companhia. Nesse meio-tempo, vejo que Tarotaro já está em frente à minha casa. Subimos os três e entrego a ele os presentes e encomendas. Sua mulher chega logo em seguida e senta ao nosso lado.

Ela foi raptada quando criança por um tio de Tarotaro, não é desse povo. É do povo do macaco-da-noite que vivia no outro lado das cabeceiras, aquele povo que os parentes mais velhos do pessoal daqui estraçalhou décadas atrás. Em uma das expedições de guerra, da época em que ainda só usavam zarabatanas e bordunas, o velho tio de Tarotaro encontrou a menina sozinha em uma casa, os pais haviam fugido para o mato e a abandonaram ali, por causa de um defeito em uma das pernas. Ele colocou a criança nas costas e viu um gavião preto pousar em cima de um toco de árvore do terreiro, bem naquela hora. Era sinal de que tinha que levar a criança consigo, sinal de Atitanga.

A menina cresceu entre os estranhos até a adolescência, quando casou com o então jovem Tarotaro. Passou a se chamar Tarotaroati, não exatamente por ser a esposa do pajé, mas por ser a responsável pela condução de seus gaviões quando o marido se movimenta por outros lugares. Seu nome é um dos mais prestigiosos que se pode ter por aqui — Condutora de Gaviões. E Tarotaro é ou são os próprios gaviões.

O velho e simpático pajé usa agora um boné do Bradesco, calça surrada de brim e uma bandoleira de miçangas azul-escuro, mais um sem-fim de voltas de colares de espessas contas no pescoço. Sempre brincalhão e afável, Tarotaro tem uma tuberculose crônica e anseia pelos remédios que eu trago da cidade. Quase não escuta, ou escuta o que quer. Por aqui, chamam-no, mas não exatamente por isso, de Homem Ausente. Atitanga. Atitanga é aquele que foi com o Bicho, que esqueceu. O que se vê dele é só pele mesmo, e roupa. Por dentro, o Atitanga é vazio como uma caixa de som. É por isso que ele tosse tanto, comentou Baitogogo certa vez. Os pastores que conhecem Tarotaro o temem. Dizem que é Satanás. Você já viu como ele tem olho de morto, olho de bodó seco?, vociferava para mim certa vez o pastor Douglas, quando nos encontramos na varanda de sua casa. Não acho que ele tem olho de morto, parece mais uma catarata, eu rebatia o pastor Douglas, sempre desconfiado de que talvez eu também fosse um porta-voz do Satanás.

"Atitanga é assim mesmo", dizia Baitogogo quando chegamos mais tarde na maloca, depois que o calor já amainava.

"Pensa que ele tá aqui, mas o bicho tá lá na outra banda."

"E aquele dia no rio, em que o gavião estava em cima da gente, era o Atitanga?"

"Não, aquele era só um só, era do Apiboréu mesmo, tava vendo se você não mexia em mulher."

"Eu ali suando no machado e o Atitanga pensando nisso? Só me faltava essa."

"Pois ele é assim mesmo, sabe como é que é o pessoal."

As pessoas que estavam por ali nos bancos da maloca riram de mim. E confesso que fiquei meio incomodado, meio sério comigo mesmo. Depois de tanto tempo sempre ainda essa mesma história? Não bastava as quinhentas mil punhetas e malárias e o pessoal de novo com essa conversa? Eu sabia que era de brincadeira, mas dava vontade é de chorar, de ir correndo sei lá para onde. Saí para respirar embaixo da lua cheia, amarela, quase maior do que o terreiro. Deve ser isso, deve ser a lua cheia que me deixa atormentado. Eu sei muito bem porque estou aqui, então deixa de frescura, era só uma brincadeira idiota. Só me faltava essa, depois de todos esses anos e ainda ficar atrapalhado quando os caras tiram um sarro da sua cara? Mas onde é que seria diferente? Ninguém está no meio do mundo. Mas talvez realmente ninguém se importe comigo por aqui. Isso eu já vinha percebendo ao longo dos tempos. Mas será mesmo verdade? Ou engano meu? O que seria isso de se importar? Que tipo de amizade e de interesse? Que tipo possível de vínculo?

Dessa vez, aquela que se diz a minha mãe nem veio me receber. Quando eu fiquei com febre, não veio me olhar, só porque a mulher do Baitogogo tomou a dianteira e trouxe mingau de macaxeira. Só por competição com a outra. Mas depois que eu der as miçangas dela, vamos ver se ela não vem. Ah, se não vem. A que dizem ser minha mãe estará na verdade mais interessada nas miçangas? Mãe é outra coisa? Eu não tinha forças para levar os presentes. Gosto dela e queria levar os presentes. Me sinto bem em pensar que é minha mãe, e que o filho mais novo dela é meu irmão mais novo também. Aquele que ri de mim toda merda de vez que eu vou na casa deles. Ri de mim porque não sei tirar o melhor pedaço de carne da cabeça do porco. Cabeça de porco. Cabeça de porco!, grito rápido no meio do terreiro, olho para a lua, respiro fundo e decido voltar.

Encontro Pasho em pé ao meu lado, me fitando, imóvel, com um sorriso sem propósito. Deve ter achado estranho esse meu grito. Sua cara é uma lua-monstro de ternura. Entendo melhor a minha confusão ao olhar para o sorriso irrestrito do anão. Se *ele* consegue ser uma dádiva assim, sem qualquer propósito, então é preciso parar para pensar. Deixo a confusão escorregar para junto do lixo depositado ao pé de uma árvore e entro de novo na maloca.

Ali dentro, Tarotaro já vai começar a cantar. Circula entre os homens uma cuia com extrato de wãchi, folha brava de visão que o pessoal toma para ver melhor as palavras. Tomo alguns goles, acostumado com o gosto amargo que pega na garganta. Somado ao remédio contra a malária, os efeitos do wãchi acentuam ainda mais o meu esvaziamento.

Por dentro, os caibros da maloca recobertos de fuligem parecem envernizados, brilhantes. Ossos de animal, costelas. Estarei dentro do Bicho? Tarotaro começa a cantar. Todos em silêncio. Sua voz firme e grave ecoa nos morros. Me faz lembrar do sentido de estar aqui. Silêncio. E depois outro canto.

Feito flores nossos rostos
Rostos-flores escorregam no céu
Descemos pelas bordas
Para aqui dançar

Tarotaro, agitado, se contorce no chão. Agora ele é o Atitanga. Sua esposa segura o homem pelos ombros e monta nas costas dele. Ela é a verdadeira condutora da viagem. Atitanga é só trator, é picape, diz Baitogogo. A mulher começa a narrar o que os Gaviões veem com palavras espremidas entre os lábios, que tento traduzir rapidamente no caderno.

Atitanga está em cima do céu, com os olhos na cidade.
De cima do céu, Atitanga, com seus muitos Gaviões, controla os carros.
Os Gaviões espalham os carros pelas estradas, como quem espalha areia na praia. Atitanga, Atitanga.
Atitanga vai achar o outro canto do céu. Manaus. Europa. Jerusalém.
Os mortos plantados no topo do céu, os mortos com seus abacaxis no topo do céu.

Atitanga traz o abacaxi dos mortos. A mulher assopra uma cuia de suco de abacaxi segurada por Antonio Apiboréu, que, em seguida, circula entre as crianças da maloca. Esse deve ser um remédio eficaz contra os vermes e febres que as atormentam sem cessar. E sigo tentando traduzir as palavras.

Atitanga conhece o começo deste que está aí com vocês, este meio parente de vocês.

A flor que nasce pela metade enxerga o outro canto do Sol.

Da semente de dois lados brotou a árvore do dia e da noite.

Nenhum caminho segue reto no meio do mato.

A ariranha de duas cabeças sobe e desce o rio ao mesmo tempo.

Aquele que procura vai encontrar.

Atitanga. Atitanga.

Humhum ahanahanahna humhum.

Antonio Apiboréu faz sinal para a Tarotaroati descer do Bicho. Aos poucos, Tarotaro vai voltando a si. Mal levanta e já tira sarro de Baitogogo, que cochila no banco. Tu é bom mesmo é pra peidar, ô cunhado!, diz rindo. E Baitogogo se recompõe, meio sem graça e toma outro gole de wãchi para acordar. Sempre fico confuso com esse negócio de Atitanga.

"Afinal", pergunto para Apiboréu, "quem é gavião, Tarotaro ou Atitanga?"

"Atitanga não é ninguém, não", ele responde. "É ninguém que deixa os outros ver. O Tarotaro é que tá olhando os gaviões que o pessoal não vê."

"Nenhum caminho segue reto no meio do mato." Essas palavras ficam ecoando em mim, estranho, como se eu já as tivesse escutado em algum lugar. "Nenhum caminho segue reto no meio do mato." Tarotaro, que agora volta a ser uma pessoa normal, embora eu não saiba mais bem o que "normal" quer dizer, quer ver o que eu tinha escrito. Olha o caderno com os garranchos e me faz ler umas passagens. Dá risada e se senta. Cochicha algo em meu ouvido: "Esse negócio de papel não é bom, não. Na próxima vez é bom de você trazer um rádio maiorzinho, de trazer mais pilhas pra mim mesmo". Tarotaro é assim. Fica me imitando escrever e todos dão risada. Em seguida ele se senta de novo ao meu lado. Agora deve ser uma boa hora. Aproveito que o velho está aqui para perguntar sobre o pegador de pássaros. Eu queria escutar a história da boca do Tarotaro, que é o melhor contador do rio.

"Tarotaro, como é aquela história do pegador de pássaros, o senhor pode me contar? É para fazer o livro. Sabe o livro?"

"Sei não. História muito desgraçada essa daí. Não é história de gente não."

"Mas o pessoal fala que é importante e eu queria escutar ela inteira, acho que é a única que eu ainda não escutei inteira mesmo."

"É história que não acaba, você não tá conhecendo tudinho não, só um pouquinho é que você sabe."

"Eu sei que eu sei só um pouco, por isso é que eu queria escutar a do pegador de pássaros."

"Não é história de gente, história ruim, coisa quieta. Vamos falar da outra?"

"Vamos também, mas o pessoal vai esquecer a do pegador de pássaros e eu queria colocar logo no papel antes que se perca."

"Negócio de papel já é perdido de tudo, você tá querendo saber, mas eu não quero falar agora não dessa daí. Essa aí acaba com tudo, o pessoal mais antigo sempre diz que tá perigoso mesmo. Depois nós fala. Agora escuta."

"Escuto, pode falar então."

Baitogogo, Apiboréu e Geriguiguiatugo, mais a mulher do Tarotaro, são os únicos que sobraram ali na madrugada alta. Baitogogo me passa o seu rapé e ficamos quietos para escutar. Eles conversam entre si, sabem que eu entendo o que conversam e parecem desaprovar a minha insistência. Tarotaro começa a falar na língua e, mais uma vez, tento traduzir tudo o mais rápido possível. Vai saber se o gravador não dá pane de novo e perco tudo, como aconteceu da última vez.

Amariatana não foi o primeiro. Antes já tinha muita gente no primeiro mundo.

Era gente de barro que não dava certo porque era de barro e derreteu.

Depois, Amariatana virou quatro e pensaram os quatro.

O que vamos fazer para encher esse mundo de gente?

Vamos assoprar de novo. Vamos assoprar o pessoal de carne.

Mas o pessoal de carne ficava se comendo entre si, mordia o braço de um, cortava a perna do outro ainda vivo para comer, comia a cabeça do outro.

Os Amariatanas não gostavam disso, corria muito sangue que deixava a terra toda melada.

Os Amariatanas tinham um irmão mais novo que gostava de espalhar o sangue e melar a terra.

O irmão mais novo, o espalhador de sangue.

Amatseratu, o irmão mais novo.

Os quatro enganaram Amatseratu com um lagarto. Mandaram o lagarto para outro canto do céu e Amatseratu saiu correndo atrás porque gostava de comer lagarto.

Foi então que os quatro mataram toda a gente de carne com um pensamento só.

Amatseratu estava do lado de lá mastigando lagarto, nem percebeu.

Os Amariatanas foram recolhendo os pedaços das pessoas do segundo mundo e colocaram tudo em cima de um pano branco.

Separaram as partes. Aqui as coxas, ali os pés, aqui as bundas, ali os pescoços.

Aqui as cabeças, ali os braços, ali as mãos, aqui os troncos e os genitais.

Pensaram. O que vamos fazer agora?

Os quatro Amariatanas foram para os quatro cantos e começaram a espalhar os pedaços.

"Espera um pouco, Tarotaro", interrompo meio atrapalhado com as anotações.

"Então quer dizer que eles fizeram um pessoal de carne e depois quiseram acabar com eles, porque era ruim?", perguntei.

"É isso mesmo, é isso mesmo que o antigo falou naquele tempo", diz Tarotaro.

"E eles queriam é enganar o outro, o irmão mais novo que gostava de sangue. Foi só depois que eles começaram a fazer as coisas, depois que eles pegaram os pedaços deles pra fazer tudo, pedaço que era de fazer tudo, igual tijolo de vocês", explica Antonio Apiboréu.

"Ah, entendi", respondo.

Lembro de já ter escutado alguma coisa parecida nas aulas do laboratório. Mas ainda assim havia um ruído no que contava Tarotaro, algo deslocado no canto da visão, como se o extremo de algum dos galhos não terminasse direito, como se insinuasse uma aresta imprevista para outros desdobramentos da história que eu ainda não conseguia entender. Tarotaro toma mais um gole de wãchi e começa a retomar a sua história.

Costuraram os estômagos e esticaram bem esticados para fazer o céu.

Amarraram e esticaram as tripas para dar a volta no céu e deixar firme.

Costuraram e amarraram as peles todas para fazer a parte de cima do céu.

Plantaram os ossos na terra para fazer as árvores.

Desenrolaram todas as voltas dos cérebros e deixaram penduradas nas árvores para fazer cipó.

Plantaram os dedos e as unhas dos pés para fazer negócio de formiga, besouro.

Amarraram a borda da terra na borda do céu com os cabelos.

"Foi assim que eles fizeram o céu então, agora tô entendendo melhor", comenta Baitogogo animado.

"Eh, eh, o bicho é esperto demais", replica Apiboréu, enquanto Tarotaro retoma a sua fala.

É por isso que não fica muito firme, por isso às vezes treme um pouco.

E foram fazendo assim com todo o resto.

E fizeram o terceiro mundo inteiro, vazio, silencioso.

Enquanto isso, Amatseratu já tinha crescido mais de cinco vezes e encostava no topo do céu.

Amatseratu é criança, não sabe fazer nada, mas vai atrás dos Amariatanas para atrapalhar.

Viu que a terra estava vazia. Viu que não tinha mais ninguém e que o céu tinha cor de carne fresca.

Amatseratu pegou a sua cuia de sangue, o sangue que ele havia colhido das pessoas antigas.

Assoprou o sangue e fez de novo as pessoas de carne, que são essas daí.

Quando os Amariatanas voltaram, viram que Amatseratu tinha refeito tudo de novo.

Que tinha revivido aquela gente ruim, a gente de carne.

Que tinha atrapalhado tudo, ele, que é o atrapalhador.

Ficaram bravos e expulsaram Amatseratu.

Ele foi embora para o Japão, Europa, Estados Unidos.

Amatseratu é o irmão mais novo.

"Entendeu? Hoje acabou, é só isso mesmo."

"Nem você conseguia fazer igual, não é não, meu parente?", diz Baitogogo olhando para mim.

"O pessoal dele é que conhece essas coisas, negócio de desmanchar tudo, de atrapalhar a vida dos outros", emenda Apiboréu, reforçando o comentário de Baitogogo.

"É isso aí mesmo que eu tô falando e que o Tarotaro refalou aqui agora: tem o que fazia e o que desfazia tudo, que já era assim lá no antes de céu e de terra", explica Baitogogo.

Tarotaro parece indiferente aos comentários. Aproveita a pausa e entrega os cabelos para a sua mulher, que caça com agilidade alguns piolhos. Tento anotar a conversa paralela em meu caderno, achando estranha a referência ao "meu pessoal", estranha e até um pouco agressiva, como se a minha copa de árvore tivesse alguma coisa a ver com a deles. Mas não convém tomar de novo as coisas para si, refleti comigo mesmo. Esse comentário meio inoportuno, que atrapalha Tarotaro e as minhas anotações, deve ser uma forma, aliás bastante justa, de descarregar o descontentamento com o mundo das cidades.

Fiquei intrigado com tudo isso, com essa menção inusitada aos lugares para onde Amatseratu teria partido. Por que Japão, Europa, Estados Unidos? Tarotaro apruma seu corpo e recomeça, seguindo a história a partir daquele momento em que Amatseratu havia sido expulso pelos quatro Amariatanas e foi viver em terras distantes.

Tarotaro se levanta, quer sair da maloca para descansar. Todos também se levantam e vão procurar seus lugares de dormir. Como sempre, ele prefere dormir na minha casa, que é mais silenciosa e tem café com leite em pó de manhã. A mulher de Baitogogo se aproxima dos bancos e traz alguma coisa para o marido beber. Aproveito para dar uma olhada discreta nos seus peitos. Baitogogo parece que percebe, treme o olho, dá uma esticada naquela sua cicatriz e eu desvio rápido a vista para outro canto. Em seguida, nos despedimos e vamos dormir.

Então essa é a história do surgimento do mundo e das pessoas de carne, penso, satisfeito por ter descoberto que a relação entre os irmãos mais velhos e o trapaceiro Amatseratu, o irmão mais novo, começava aí, e não em outro episódio, como eu havia imaginado. Quer dizer que Amatseratu foi o responsável por estragar tudo, reflito rapidamente, enquanto caminhamos no terreiro em direção à minha casa. Amatseratu, o estragador. Então foi ele...

"Não conhecia a história?", pergunta Tarotaro.

"Conhecia, mas faltavam uns pedaços, eu nunca tinha escutado tudo."

"Esse pessoal daqui é que não tá sabendo bem, não. Sabe, mas não sabe tudo. É bom de escutar só o que eu conto."

"Vai ficar esses dias por aqui ou já volta logo para casa?"

"Amanhã tem doente, tem os doentes de cuidar. Depois volto, mas não tenho gasolina. Não dá pra você me arranjar um bocado de gasolina?"

"Arrumo sim, depois a gente vê isso, não se preocupe", respondo pensando na pouca gasolina que me resta. Mas não se pode negar um pedido de Tarotaro...

Entramos em casa, eu, Tarotaro e sua esposa. O espaço é justo para armar as três redes, na parte que está livre além do fogão e dos galões de gasolina. As malas e mantimentos eu costumo deixar todos pendurados. A casa é uma verdadeira bomba, mas não tem outro jeito de guardar as coisas por aqui. E depois, se explodir tudo, talvez até seja melhor. Pelo menos me livro dessa angústia de não conseguir escutar a tal história. Mas hoje foi por pouco e fico com a sensação de que Tarotaro está escondendo alguma coisa de mim. Será que tem algo a ver com os irmãos, os mais velhos e o mais novo, o Amatseratu?

Conto para Tarotaro um sonho que tive quando estava na praia, longe daqui. Tarotaro sabe tudo, deve entender o que é isso. Sonhei que encontrava uma família na beira da varanda. Eles tinham descido da montanha de mato que fica do outro lado do terreno e estavam ali de pé, bem onde os tijolos terminavam e começava a terra. Tinham os cabelos compridos e sorriam. Um casal e quatro filhos. Traziam os corpos pintados, as braçadeiras e tornozeleiras de penas, voltas e voltas de colares compridos no pescoço, os corpos meio translúcidos, quase que dava para observar as vísceras por trás da pele desenhada. Eles sorriam para mim e eu apenas reconhecia a presença. Não chegamos a nos aproximar ou a trocar palavras. Não era necessário.

"É coisa de passarinho. Você já tá bom para entender conversa de passarinho. Isso daí é outra gente, que fala coisa de passarinho", explica Tarotaro.

"É sonho verdadeiro?"

"Verdadeiro! Você conheceu é sabiá mesmo. Depois vai sonhar de novo."

Viramos de lado nas redes para dormir. Tarotaro tem uma coisa meio de japonês, às vezes parece o tio do meu amigo Marco Akedo, o churrasqueiro magrelo que ficava tomando saquê até altas horas lá em São Paulo, no quintal daquela casa velha do Butantã. É igual ao Tarotaro, que para de falar de repente e dá umas gargalhadas fortes. Tarotaro. Melhor não pensar agora em churrasco, saquê, essas coisas.

Acabei sonhando com Tarotaro andando pelado na praia de Ipanema. Sua mulher era uma dentista que queria me examinar, dizia que eu precisava retirar o fígado para poder pensar melhor. É o fígado que não deixa você voltar. O caminho te conhece, o que você procura vai te encontrar, ela dizia com um bisturi na mão. Tarotaro virava um gavião e saía voando em direção à Pedra da Gávea, enquanto eu tentava argumentar com a Tarotaroati que eu gostava do meu fígado, que não era para mexer nele. A própria Pedra da Gávea se destampava e de dentro dela se ouvia uma música insólita, uma variação diabólica de bossa nova que eu jamais escutei, e por fim uma estranha névoa roxa ia escorregando e descendo pela encosta.

Mal a madrugada começa a querer existir e os dois já estão de pé, me pedindo café. Dormimos não mais do que duas horas, se muito. Aqui é assim. Eles têm outro corpo e dormir envelhece, dizem. Mas eu não, acordo meio assustado e mal-humorado, todo dolorido.

Enquanto faço café, Tarotaroati me olha fixamente sem dizer nada. Estranho, nunca me olhou desse jeito, nunca notei esse ar antes nela. Tarotaro pergunta onde fica a pedra grande chata, da forma de uma mesa, em frente ao lago de sal. Estremeci. Digo que fica no Rio de Janeiro, cidade na beira do mar. Foi nessa mesma que você estava, diz. Foi ali mesmo, na beira da lagoa de sal. E dá uma risada malandra.

A mulher continua a me olhar fixamente e não diz nada. Por que ela me olha fixamente? Fico perturbado com aquilo e acabo derrubando o café no chão. Enquanto preparo outro, ouço a mulher cantarolar atrás de mim.

> *Pedra de sal*
> *Toco de carvão*
> *Espelho do céu*
> *Espelho da terra*
> *Olho vesgo*
> *No caminho do mato*
> *Caminho vesgo*
> *Do olho do céu*

A melodia não me soa familiar, é diferente de tudo o que eu já escutei por ali, mas tem algo do som que ouvi no sonho, daquela estranha melodia-névoa que escorregava do interior da pedra destampada. Quando me viro para perguntar o que a mulher está cantando, ela já não está mais ali. Escafedeu-se.

Presidente

Já se passou mais de um mês desde que Tarotaro esteve por aqui. Ainda não fui nas aldeias de cima para escutar o que querem me dizer. Meu joelho dói. Pasho, o anão, está sentado comigo na beira do barranco. Daqui, podemos ver cinco ariranhas brigando em cima de um tronco, a poucos metros da praia em que tomamos banho quase todos os dias. Pasho aponta para elas com inquietação. Morte por ataque de ariranha: um pesadelo talvez não tão improvável. Elas sabem que estamos ali e podem começar atacando pelos nossos pés. Achamos melhor então sair da beira e subir o barranco. Elas vêm nadando rápido, atravessam as águas e quase nos alcançam.

Desde que Tarotaro partiu, ando perturbado com aquele sonho e com o olhar impassível de sua mulher. Haveria algo naquilo que eu preciso entender? Seria uma espécie de aviso, feito as ariranhas que ameaçam um observador desavisado? Vem um denso fim de tarde, intenso céu vermelho acima das árvores, os milhares de nuvens espalhadas em seus mundos acima. Parece que um cachorro caminha sobre as minhas costas e o peito pesa, uma mão acinzentada que passa sobre minha cabeça. Com a exceção de Pasho, talvez de Tarotaro e certamente do velho Antonio Apiboréu, não consigo mais reconhecer direito o estado de humor das outras pessoas. Não sei bem, mas tenho uma intuição incômoda que me atravessa. Sim, não devo estar errado! Elas murmuram coisas quando apareço e depois ficam quietas! Me olham pelo canto dos olhos, olham mesmo sorrateiramente, não estou imaginando coisas. Não, não estou imaginando de forma alguma, não se pode negar que aqueles olhares esquivos são dirigidos a mim. Afinal, não sou eu o estranho por aqui? Eu, que sou parente deles, mas até que ponto? Ninguém negaria isso. De forma alguma, jamais alguém negaria a força discreta desses olhares. Ou negaria? Talvez seja só isso, coisa de quem fica sozinho demais por dentro, de quem fica pensando com os próprios dentes.

Vou visitar a minha mãe, que costumava me receber com milho assado. Ela se senta para conversar, mas dessa vez nada de comida, nada, nem mesmo uma espiga velha fria, nada de nada. Aquele que é dito ser o meu irmão mais novo vem também, chega com um sorriso sarcástico, mostrando os dentes que ele acaba de afiar, e se senta ao meu lado.

"Olha, você fez agora? Deixa eu ver!", digo.

Ele abre a boca e me mostra toda aquela dentição pontuda, afiada nas bordas com lima de ferro, até mesmo os dentes postiços de liga de ouro ele conseguiu afiar.

"Por que você afiou os dentes?"

"Porque fica bonito. Quer fazer igual?"

"Não, deve doer..."

"Dói só um pouco, você aguenta. Depois fica igual onça, igual ariranha! Ahá! Vai é pegar mulher na cidade com dente de ariranha!"

"Pra ficar igual a dente de gente morta, mais bonito!", completa alguém que estava por ali.

Minha mãe e minhas irmãs, deitadas ali nas redes do fundo da maloca, começam a rir. Primeiro umas risadas discretas, que depois aumentam de volume de maneira repetitiva, como se fossem um coro. Estranho para os padrões de etiqueta que conheço: nunca jamais se ri de hóspedes. Mas serei eu ainda um hóspede? Ou outro tipo de gente? Aquele que chamam de meu irmão começa a rir também. Todos começam a rir mais forte. E eu não entendo, não encontro a graça, fico perplexo em meio àquele coro que parece ser dirigido a mim, mas por que justo a mim? De repente todos param e ficam em silêncio. As mulheres olham subitamente para baixo e voltam a ralar macaxeira e a seus afazeres, como se nada tivesse acontecido. Minha mãe olha para baixo, evita me encarar. Quase fingem que não estou ali. Aquele que diz ser meu irmão também olha para baixo e se cala. Me sinto incomodado e saio rápido dali. Sei que nada aconteceu, sei que foi só brincadeira, que foi só um humor insólito. Bobagem, nada. Mas como assim, como isso agora? O sol finca suas unhas nas minhas costas. O sol de dentes afiados que me vigia.

Sento na beira do barranco e Jano, um dos jovens da aldeia mais próximos de mim, diz que é triste ver o rio passar.

Triste por mostrar como estamos presos em um canto só, nesse corpo de pedra. Tarotaro certamente pensaria de outra forma. Apiboréu também, pois já não pertence apenas a este lugar. Mas eu tenho os pés pesados, desde que cheguei na fronteira tinha os pés pesados e cada movimento me custa, não exatamente pelo esforço físico, mas pelo dispêndio inteiro de existência, pela vida implacável que tem sido esses anos rio acima. Penso em chamar no rádio o chefe da base, mas para quê? Penso que na semana que vem talvez alguém passe por aqui para fazer alguma coisa, uma inspeção qualquer, e que venha também uma enfermeira bonita ou alguma garota. Delírio. Hipótese muito remota. Volto para minha casa e fico o dia deitado na rede com a sensação de tempo perdido, o tempo se esvaindo pelos meus tornozelos, tempo de outra vida não vivida.

Vou até a farmácia e nada. Geriguiguiatugo está no rádio, como sempre, que chia a sua língua de extraterrestres e não diz nada. Antibióticos em suspensão mofam nas estantes. Cocô de rato para todo canto. Embalagens de seringas semiabertas empoeiradas. Iodo vencido. Isso, isso e aquilo. E mais um pôr do sol esplendoroso que me asfixia surge por trás das árvores. Talvez agora seja um intervalo de sonho? As madrugadas e madrugadas regadas a wãchi e rapé, mais as sucessivas malárias e seus malditos tratamentos, me deixam com sensação de fantasma, como se o corpo flutuasse sobre a estrutura de ossos e a alma não tivesse pouso certo.

Se ao menos eu escrevesse um livro teria em que me aterrar, mas esses malditos cadernos são uma virtualidade, os rabiscos das palavras desconexas, sonhos alheios registrados no papel para que talvez ninguém leia, quem sabe um ou outro neurótico. O meu livro companheiro desta viagem conta que uma das técnicas de mumificação do Egito antigo consistia em extrair o cérebro através das narinas, com a ajuda de um instrumento, uma espécie de gancho, a fim de que a cavidade craniana não sofresse com a putrefação de suas vísceras. Bom seria se fosse possível fazer isso ainda em vida. A melancolia, aquele anjo ensimesmado, vem me visitar durante a noite. Não sei se estou muito bem.

Mal entro de novo em casa, com o corpo quebrado, e as crianças vêm pedir bolachas. Devem ser umas quinze, que se revolvem no chão e se descabelam. Cinco delas pulam para dentro da minha rede e Pasho, o anão, entra em êxtase infantil. Naqueles olhos eu vejo o brilho de um bem-estar possível e isso me aquieta, enfim algo me aquieta nesses dias pesados. Mas eu sei que lá fora as coisas não são mais bem assim e que, por toda parte, o bicho humano crescido é uma lagoa de sal. Ou pelo menos eu tenho sido assim, um movimento aleatório e inútil em algum canto da lagoa de sal.

No dia seguinte, Sebastião Baitogogo e Benedito Geriguiguiatugo vêm cedo tomar café em casa. Eles querem saber quando vamos subir para conversar com o pessoal de cima e eu digo hoje mesmo, pode ser? E eles, sim, vamos arrumar a canoa e avisar o pessoal de cima. E eu, tá bom, mas não se esqueçam de levar bananas, porque lá tem pouca comida. E eles, sim, e também macaxeira e batata-doce. E eu, e não se esqueçam de cobrir a canoa porque o céu está ameaçando chuva. Tudo bem.

Instantes depois, a canoa lotada, como de costume, vai saindo descoberta do porto de Volta Grande, e nada de banana e macaxeira e batata-doce. Alguém esqueceu de pegar, ficou ali na porta da maloca. Mais motivos para minha irritação, mas nada, já aprendi a deixar pra lá. Na proa, vamos Geriguiguiatugo, seu filho mais novo, eu e Baitogogo. Na popa, um filho de Baitogogo com seu rádio que toca música de dor de cotovelo no máximo volume. No meio, as mulheres se penteando e fazendo pinturas. O velho Apiboréu fica em casa com sua mulher. Está fraco, mal tem aguentado trabalhar no roçado nestes últimos tempos.

Baitogogo me conta que também Sol e Lua viajam de canoa desta forma, um sentado em cada ponta. É por isso que não se encontram, pois as mulheres ficam do meio para trás e os homens sempre na proa. Quando Sol desce da proa para o escuro, Lua sobe do outro lado, para navegar o rio, e assim sucessivamente.

"Mas Lua não é homem garanhão?", pergunto.

"Não, homem garanhão é o Dono da Lua. É igual a você, que mora na sua casa. A casa é igual à Lua, que é mulher, mas você que tá dentro é o garanhão", explica Baitogogo.

Baitogogo pergunta quando vai poder conhecer a minha casa, a minha cidade. Quer conhecer as minhas irmãs. Eu digo sim, vamos tentar, o dinheiro agora não dá, mas quem sabe no ano que vem. Baitogogo já viu tudo em sonho, diz, viu que a casa é redonda e fica boiando no meio de um lago vermelho. Bem, moro num apartamento quadrado cercado de outros apartamentos e prédios cinzentos. Mas, na realidade, o que isso importa? A imagem do sonho é bonita e eu gosto. Casa redonda boiando num lago vermelho. Preciso pensar melhor nisso.

Baitogogo tira o seu rapé e cheiramos juntos. É bom cheirar em viagem. No vento da canoa, fica também para trás a inquietação, aquele cachorro agarrado nas minhas costas. Uma família de andorinhas acompanha o rastro da água e a luz dá um espetáculo à parte quando o sol, oblíquo, atravessa as rendas das samambaias gigantes para se projetar contra as pequenas ondas que se formam nas beiras. Algumas voltas acima, os barrancos vão ficando ainda mais altos, como se jogassem a vida da cidade para outras partes remotas do possível.

Noutros tempos, isso aqui seria um cenário para exploradores alucinados, tentativas de passar navio a vapor por cima dos morros para chegar mais rápido na cidade, loucuras e assassinatos por causa da borracha, da madeira e suas fogueiras de gente, a cachaça rodando seus demônios nos olhos e no fio das facas. Baitogogo chegou a viver uma parte disso quando era adolescente. Dias escondido no meio do mato para escapar dos mercenários. Cachorros correndo em seu rastro, o corpo todo molhado, se alimentando à base de casca de árvore e de orelha-de-pau até que as coisas se aquietassem e fosse possível voltar para casa. Para quê? Para encontrar tudo queimado e destruído pelos fazendeiros vingativos, dois parentes empalados no meio do terreiro, as mulheres assustadas escondendo as crianças, o esforço lento e a dor incomensurável para reconstruir tudo aos poucos, seguindo os preceitos que lhes foram ensinados ao longo dos tempos. Mas agora não. Agora tudo se acalmou, desde que o governo resolveu fechar essas terras.

Abro duas latas de sardinha e comemos juntos, eu e Baitogogo. Sardinha, que se transforma em uma verdadeira iguaria nos dias de escassez de carne. Ofereço um pouco para sua esposa. Baitogogo acompanha meu movimento com o olhar e aquela sua cicatriz se estica. Depois voltamos a conversar sobre isto e aquilo, os ossos dos mortos que começaram a brotar no cemitério e viraram um pé de tucumã, a maloca do Chicão que está infestada de espíritos sanguessugas, a complexa afinidade entre os soldados do exército e as arraias que ainda não consegui entender bem.

"Tá pensando que tá difícil pra vocês lá na cidade?", ele diz.

"Sim, lá é mesmo difícil", respondo.

"Pois pra nós indígenas sempre o que é difícil é ainda mais."

"Bem sei, Baitogogo, é difícil pra todos nós também. Mas às vezes é bom também, né não?"

"É."

Baitogogo quer saber qual é a cor do cabelo de meu pai e digo que é branco.

"O seu pai tem perna?", pergunta em seguida.

"Sim, que nem as suas…"

Baitogogo deve ter pensado que, como meu pai vive em uma terra alta, em cima do morro, talvez estivesse mais perto das nuvens, e então para que ter pernas, se ali pode ser possível flutuar?

"Os que vivem na abertura do céu não têm pernas?", pergunto.

"Não, eles têm o coiso deles para andar. Igual ao velho

Antonio, que não tá mais se segurando direito. Mas lá eles não precisam disso, aqui é que é ruim."

"É verdade, ele está ficando muito velhinho", respondo.

"Pois é esse que é o problema. O que vai ser quando o velho morrer, quando ele deixar a gente? Noutro dia ele quase foi, quando você não tava por aqui", completa Baitogogo enquanto mexe de novo em sua cicatriz, apreensivo.

"É mesmo? E ele ficou muito mal, foi?", insisto.

"Foi negócio de sair sangue pela boca e tudo, o bicho tava é perigando."

"Será por isso que tão chamando a gente pra conversar?"

"É, deve ser isso daí, vamos lá ver."

As palavras de Sebastião Baitogogo me deixam preocupado. Da última vez que saí daqui, seu Antonio ainda estava forte; velho, mas forte, seco feito um pau-ferro, mas inteiro. Agora essa história. Como é que o pessoal daqui vai fazer quando ele morrer? Talvez seja isso que querem conversar com esse negócio de presidente.

Algumas horas depois, chegamos na aldeia Trairão, aldeia velha cercada de pupunheiras altas. Todos os principais chefes vieram também para conversar, como percebo pelas canoas paradas no porto. Isso me deixa apreensivo. O que será essa conversa tão solene, esse negócio de governo? Subimos o barranco escorregadio e somos recebidos pelo cacique dali, que nos leva para dentro de sua maloca.

Todos os outros já estão por ali, sentados no triângulo, e comem carne de macaco-prego assado, que me oferecem e eu, polidamente, aceito. Passam a mão na cabeça uns dos outros em sinal de reconhecimento. Ao, o ajudante dos caciques da região, faz-se escutar e diz:

"Você chegou?"
"Cheguei."
"Nosso pequeno irmão que chegou aqui é dono do papel, da gasolina. Agora vai plantar roçado e ficar de vez?"
"Eu até gostaria..."
"Vai trazer as irmãs e ficar aqui com a gente agora, nosso pequeno irmão."
"Bem, é melhor vocês falarem com os maridos delas..."

Todos dão risada. Ao segue os passos premeditados da fala, que eu também respondo seguindo o mesmo roteiro de sempre.

"Vai trazer os seus irmãos para trabalharem com a gente."
"Bem, é melhor vocês falarem com as mulheres deles."
"Vai trazer gasolina e cartucho para a gente caçar?"
"Isso é mais fácil..."

Riem de novo. Ao senta-se novamente no triângulo e segue-se um longo silêncio. Pela recepção calorosa, percebo que minha moral não anda baixa, então espero que tudo siga bem. Os chefes estão vestidos com seus cocares e com pedaços de cartazes de propagandas eleitorais trazidos da cidade, que formam faixas enroladas no corpo nas quais se pode ler "Vote Adilson 25", um pedaço de "Para Prefeito", ou "Neuzinha Vereadora 1343". Deve ser uma espécie de moda particularmente eficaz para esse momento, imagino.

Seu Armando Amarotogogo, cacique geral, uma espécie de rainha da Inglaterra que, muito embora não mande em ninguém, é o porta-voz das poucas decisões gerais que se consegue tomar por ali, faz-se escutar e diz:

"Pessoal ficou animado que você chegou. Tá chamando aqui pra conversar que é negócio de governo, de presidente. Que o velho tá doente e precisa pensar no que vai fazer. Então foi que todo mundo pensou e falou. Agora quem vai ser governo é ele mesmo, o Sebastião Baitogogo. Agora quem é nosso presidente é você mesmo, viu Sebastião? Você que conhece americano, negócio de presidente. Nós aqui tá com problema de doença. Você é nosso presidente agora mesmo, tá bom de resolver."

A cicatriz de Baitogogo trisca como nunca. Os olhos tremem e ele encara todos ainda quieto, surpreso. Depois de algum tempo, comecei a perceber que "presidente" e "governo", palavras que eles tiraram do português e transformaram em outra coisa, querem dizer aquele que consegue domar o Atitanga, que consegue falar o que o Tarotaro e a Tarotaroati devem ou não fazer, que espírito deve ou não trazer para cá. Ou seja, uma função essencial, sem a qual tudo poderia se comprometer de maneira irreversível. Essa é a função que, atualmente, Antonio Apiboréu consegue fazer por ser o mais experiente. Como Baitogogo vive ali com ele, imaginaram que poderia substituí-lo. Nada mais natural, pensei.

"No que você tá por aqui nós queremos saber o que você

acha, se ele é bom mesmo de ser governo", pergunta Amaro-togogo para mim.

"Ele é bom mesmo!", respondo animado.

"Então é ele mesmo que vai ser nosso governo! Foi o irmão mais pequeno que falou e refalou, então é ele!", respondem todos, sem nem ao menos deixar o Baitogogo dar a sua opinião.

Pergunto para Baitogogo se é isso mesmo o que quer dizer Amarotogogo, se eu entendi bem. Ele não me responde e olha bravo para o outro lado.

"Agora é que eu vou falar", exclama Baitogogo, e continua. "Não tá bom de eu ser governo, eu não sei dessas coisas direito. Eu sou mais novo que ele, o Apiboréu, e como é que eu vou mexer com negócio de Atitanga? É muito perigoso isso daí, eu não vou mexer, não. Arruma outro!"

Seu Armando Amarotogogo e todos os outros chefes presentes começam a conversar entre si. Passam alguns minutos até que falam novamente.

"Você é que é o melhor pra isso, pra cuidar da gente mesmo! Você é que ficou com ele vivendo, com ele e também com esse que é seu irmão mais novo, que vem lá da Europa, do americano", diz com firmeza Amarotogogo para Baitogogo.

"Eu não sou americano, não, nem europeu, eu sou daqui mesmo!", pontuo.

"Então é tudo a mesma coisa, negócio de Brasil, Jerusalém, Estados Unidos. É bom de você ajudar ele mesmo", responde o chefe.

Parece que todos já se decidiram. E quando se decidem, não há mais volta. Desde sempre tem sido assim. Portanto, Baitogogo deverá ser o novo governo quando seu Antonio Apiboréu morrer. Olho para o lado e vejo a cicatriz dele triscando de novo, as pálpebras tremendo de tensão. Nesse meio-tempo, seu Armando Amarotogogo levanta de novo com uma revista *National Geographic* em punho. Deve ter sido uma dessas revistas que deixei por aqui em alguma viagem e que terminou circulando de mão em mão. Ele me mostra a foto de um foguete tipo Challenger ou Discovery. Todos os velhos olham para mim.

"Esse aqui que a gente quer, quer fazer projeto pra trazer esse daqui. É bom de ir pra cidade, de canoa não tá mais dando, não. Agora que você é amigo dele e que já conhece negócio de Europa já pode trazer pra gente, viu, Sebastião? Pode falar com Brasília, Florianópolis, que a gente quer isso daí. São Paulo, Japão, que a gente precisa. Quando vier de novo os Gaviões você vai é falar de projeto com ele do jeito que esse daí te ensinou, o seu irmão mais novo. Daí que eles vão trazer pra gente esse coiso de passear."

"É isso mesmo, tá certa a palavra dele!", acrescentam os outros, eufóricos.

Tento explicar que o foguete em questão é maior do que a própria aldeia e que não se compara aos aviõezinhos das campanhas de vacinação e dos missionários; digo que ele voa muito mais alto e que é usado para ir à Lua, e não para outras cidades. E que ninguém, nem o pessoal da base, nem o prefeito e nem os Gaviões poderiam trazê-lo.

"Então é esse mesmo que a gente quer!", comemoram todos.

"Mas esse aí é só do governo.", tento explicar, sem perceber o equívoco que cometo.

"Então é dele mesmo, é do Sebastião! Pede pra ele, o governo é você!", insistem olhando para Sebastião Baitogogo.

"Esse aí é muito caro, não dá pra comprar!", ainda tento argumentar.

"Tu é doido! Gavião precisa é comprar as coisas? Ele vai lá onde é que o pessoal faz e aprende!", diz alguém. E por aí vai.

A conversa continua assim, caótica, todos se levantam, trocam entre si as suas roupas-cartazes e vêm mostrar a foto do Discovery para mim, chamam Baitogogo de governo, de Jerusalém. Meio confuso, ainda tento dizer que Jerusalém é outra coisa, que o governo do Atitanga talvez não consiga trazer esse tipo de objeto e assim por diante, mas sem sucesso.

Aos poucos, todos começam a ir em direção ao porto para pegar suas canoas e partir. Nós também nos arrumamos na nossa, porque precisamos chegar ainda com luz na aldeia de Tarotaro, onde vamos dormir e passar algum tempo. Sento ao lado de Baitogogo, que começa a conversar comigo durante a viagem.

"Você tinha é que ter ficado calado, não tinha que ficar falando nada de coiso de governo!", diz ele com rispidez.

"Mas eu achei que era boa ideia, ou não era? Você não queria que..."

"Queria é nada! Governo, presidente, não presta, não! E eu não sei é nada dessas coisas, só mesmo o que eu fico escutando! Mas agora foi que você estragou."

"Eu? Como assim? O que é que eu podia fazer?"

"Você não falava nada que eles não iam fazer nada. Depois você é que tinha que ser isso daí de presidente. Você que conversa com o velho, que conhece a história. Eu não tô conhecendo direito, não. Você que tá aqui faz tempo e que já conhece língua de gente."

"Mas eu sou outra pessoa, tenho pai e mãe na minha terra, não poderia ficar aqui."

"Tem é nada, se tivesse não ficava todo tempo aqui, porque quando você tá aqui não pode ajudar a roçar a macaxeira dele. Ia deixar ele lá sozinho? Não ia, não, então é que você não tem pai!"

"Você sabe que eu tenho, até já te mostrei a foto deles. Aqui eu também tenho parente, você, o Apiboréu e os outros que eu gosto e que viraram meus parentes, mas não posso ficar morando aqui pra sempre."

"E negócio de foguete que eu nem nunca vi, como é que vou pedir pros Gaviões? Você é que era bom de ser presidente, de pedir projeto."

"Meu irmão, eu quero ajudar, mas não sou presidente de ninguém, não. Sou outra gente, você sabe disso."

"Ahh, que eu não quero mais saber dessa conversa."

Baitogogo vira para o lado, contrariado. Enchemos a pança de carne de anta que deram para levarmos dentro de uma panelinha, enquanto passamos por mais algumas aldeias antes de chegar na casa de Tarotaro. Não entendo por que Baitogogo está irritado, por que, mais ainda, estaria bravo comigo, ainda que eu já comece a me arrepender da besteira que fiz ao apoiá-lo. De fato, eu deveria é ter ficado quieto no meu canto. Afinal, o que eu tenho a ver com tudo isso? Perdi a chance de tentar entender melhor o que esses caras querem dizer com presidente, em vez de me meter nos problemas alheios. Ou ao menos do que eu ainda considerava alheios.

O fim de tarde chega antes do previsto e, como estávamos sem lanterna, decidimos pernoitar em um tapiri abandonado para continuar a viagem no dia seguinte. Baitogogo e sua família estavam calados, introspectivos, como que prevendo o que poderia acontecer a partir daquela decisão. Amarrei a minha rede em um canto e dormi, acompanhado de sonhos desconexos com ninhos de pássaros, troncos de árvores e nuvens esparsas que revelavam algumas partes vermelhas do céu.

Fogo do céu

Subimos o rio durante a manhã inteira até chegar na última aldeia. Tarotaro vive ali, em uma pequena maloca com sua mulher, filhos e noras. A aldeia é cercada por um vasto bananal, que cruzamos sob o sol dolorido até encontrar a trilha certa. A maloca fica em um morro mais elevado, de onde se tem uma das melhores vistas do rio, muito embora o horizonte aqui seja sempre curto, sempre escondido pela vastidão interminável de árvores. Última morada humana antes de um ponto perdido. Essa impressão sempre me acompanhava quando eu chegava por aqui. Talvez pela influência de sua mulher, que fora roubada dos oborenos ainda criança, a maloca de Tarotaro é a única do rio com planta baixa hexagonal. Em seus vértices, foram penduradas estranhas figuras multiformes de madeira, que balançam com o vento e dão a impressão de estarem ali há muito tempo. Encardidas de fuligem e poeira, elas lembram corpos humanos, que ora perdem, ora ganham determinados membros: partes de bichos, sobretudo de artrópodes, são acopladas onde parece faltar um braço ou uma perna. Em outros lugares, costumam encaixar também espelhos encardidos ou pedaços reluzentes de metal.

Nunca entendi direito para que servem. Baitogogo diz que é coisa deles mesmo, que é coisa de Atitanga. Quem as esculpiu foi a Tarotaroati, que não me deu explicações sobre tais objetos. Tarotaro, quando indagado por mim sobre as estranhas figuras, diz que não sabe do que estou falando, que nunca as viu ali na maloca, o que é certamente estranho, porque Tarotaro não é cego, mas sim um pouco surdo, e vive há tempos naquela casa. Talvez o sentido de ser dessas figuras não se revele a nós. Talvez por isso elas "não estejam ali", como diz Tarotaro, mas sim em outra parte, na qual projetam sua peculiar presença para serem admiradas (ou talvez temidas) por outros olhares.

Mas, enfim, isso pouco me importa agora. Eu precisaria me dedicar mais a essas e outras figuras que, por vezes, aparecem penduradas nas casas. Precisaria ler mais sobre o assunto e comparar com outras peças parecidas que encontrei certa vez nos acervos do laboratório. Elas poderiam trazer algumas questões interessantes sobre a natureza dos espíritos e sua relação com as imagens, mas preciso deixar isso de lado agora para me concentrar naquilo que realmente me interessa, para fazer Tarotaro contar a bendita história.

Entramos na maloca e nos sentamos nos bancos triangulares para, logo em seguida, realizar a costumeira passada de mão nos cabelos uns dos outros, em sinal de reconhecimento. Tarotaro diz você chegou, e respondo, eu cheguei. Na trave central da maloca há uma série de macacos-aranha pendurados em posição de pau de arara. A cena me causa uma impressão sinistra, mas é claro que se trata de uma disposição estritamente culinária. Pendurados, os macacos são aos poucos curtidos pela fumaça que sai sem cessar das fogueiras, de modo que a carne demora mais a apodrecer, além de ganhar um sabor especial. Por vezes, os corpos dos macacos são cobertos por uma infinidade de pequenas baratinhas que proliferam nas palhas da maloca, de pronto assustadas com a batida de uma faca que pretende cortar uma lasca de carne para alguma refeição. Na verdade, essa carne curtida se transforma em uma iguaria, uma especialidade da maloca de Tarotaro que eu anseio por voltar a saborear de novo.

Eles nos servem um pouco da tão desejada carne, com pedaços de macaxeira e de banana assada. Ofereço também pacotes de bolacha, que as crianças devoram em poucos instantes. Em seguida, vou me banhar sozinho em um igarapé. A carne deve ter provocado algum efeito em minhas glândulas, mal consigo disfarçar uma ereção forte sob o short de tecido fino, e por isso mesmo quero estar sozinho no igarapé para me aliviar.

Encontro o lugar perfeito, suficientemente distante da maloca e de todos, tiro a roupa, dou um mergulho e saio da água. Começo a me masturbar ali mesmo, abusando das garotas peitudas da minha imaginação. Olho por acaso para o lado, para uma quebrada do riacho escondida por alguns arbustos e, para minha surpresa, ali está a mulher de Baitogogo com seus enormes peitos firmes e brilhantes. Ela também estava tomando banho, quieta e acocorada no igarapé. Deve ter ficado em completo silêncio quando notou que alguém se aproximava. Surpresa, a mulher observa fixamente o meu corpo. Fico atônito e sem saber o que fazer, mas rapidamente visto o calção e saio dali como se nada tivesse acontecido. Corro para outro canto do mato mais distante e me alivio rapidamente ali, mas não sem um certo desconforto pela total falta de privacidade, pela minha falta de cautela. Por pouco não avancei na mulher, que talvez tivesse gostado de experimentar essa outra carne.

Idiota, perdi a chance, ninguém ia perceber! Mas não, na verdade fui exemplar, e depois, quem disse que de fato ela ia me querer? Provavelmente ia sair correndo dali e me dedurar, ah se ia! Estava me testando, sorte a minha ter percebido. Não, ela não estava me testando, ela queria, por isso ficou ali, justo naquele momento, acocorada, ela queria, seria absolutamente discreta e você deixou passar. Foi melhor assim: deixar passar o que seria uma grande encrenca. Grande roubada coisa nenhuma! Desde quando o prazer é uma encrenca? Se você pensa assim é porque está com algum problema, alguma moral mal resolvida.

Volto para a maloca com o corpo já completamente suado pelo sol implacável, como se o banho tivesse sido inútil para aliviar o calor. Livre daquelas vozes desencontradas, começo a pensar nas prováveis consequências do pequeno incidente. Sei muito bem que por aqui não existe segredo ou discrição. Não é que a fofoca seja exatamente um vício. Ela é um dos modos mais eficazes de fazer com que as relações existam, de que a vida em sociedade tenha afinal alguma graça e conflito. Imagino que Baitogogo talvez fique sabendo do não ocorrido, provavelmente na forma de piada ou algo do gênero. E espero que saiba colocar o fato que não aconteceu na sua devida proporção, ou seja, do tamanho da minha insignificância, da minha condição deplorável, "daquele coitado que dorme sozinho", como dizem por aqui.

Deixo a preocupação de lado e retorno à aldeia, onde os homens estão deitados em suas redes amarradas nas traves de um tapiri abandonado. Ali, uma brisa doce consegue amaciar o calor. Todos cheiram rapé e tomam a infusão de wãchi. Parece que se preparam para algum ritual. Conversam em voz baixa, ensaiam alguns cantos que Tarotaro, com seu indefectível boné do Bradesco, conhece bem. Exausto, viro de lado na minha rede e cochilo por alguns instantes.

Quando acordo, apenas Tarotaro está ali, os outros todos foram embora se banhar. Ele me olha com seu jeito simpático e é tomado por um forte ataque de tosse e asma. Pergunto se tomou remédio, mas ele não parece me escutar. Em seguida, percebo a oportunidade e pergunto em voz mais alta pela história do pegador de pássaros. Dessa vez, tento usar um artifício, para ver se consigo motivar Tarotaro a me contar o que preciso saber. Finjo que conheço a história, como se ele já tivesse começado a contar em outro momento; tento fazer com que ele emende o suposto trecho naquela outra história do surgimento e da destruição da humanidade de carne que, depois, Amatseratu havia refeito a partir de um resto de sangue. Invento, então, algum acontecimento que poderia fazer parte da narrativa do pegador de pássaros, para ver se a estratégia funciona.

"O que acontece mesmo depois que eles saem da maloca em direção à árvore?", pergunto, esperando que Tarotaro morda a isca.

Para minha surpresa, ele dá sequência à história em sua própria língua. Começo rapidamente a traduzir as passagens principais no caderno, enquanto o gravador capta uma versão melhor.

"Eles seguem juntos pelo caminho que vai à floresta, Amariatana, sua mulher e aquele que dizem ser seu irmão, Amatseratu."

"Então são as mesmas pessoas da história do surgimento do mundo?", pergunto a Tarotaro, interrompendo ansioso sua narrativa, que mal começava.

"É isso, as mesmas pessoas, mas é outra coisa que elas fizeram depois. Outra coisa que os Amariatanas e o irmão deles mais novo, o Amatseratu, fizeram antigamente. O Amatseratu já tinha estragado tudo, já tinha feito as pessoas de carne de novo com o resto de sangue, lembra?"

"Tô lembrado."

"Pois então, é depois disso que eles foram, que eles foram pegar os passarinhos."

"Mas o Amariatana dessa história é um só ou são quatro?", insisto.

"É um só, são os quatro, é a mesma coisa", responde Tarotaro.

E ele segue narrando com o tom de voz levemente alterado. Assim costuma fazer quando vai contar uma história. Uma maneira de diferenciá-la da fala comum, maneira que os mais velhos daqui, por enquanto, ainda dominam. Continuo traduzindo em meu caderno.

Eles seguem todos juntos e Amatseratu vai atrás, pegando os lagartos que se escondem na beira do caminho.

Amatseratu devora os lagartos, que logo passam por seu intestino e são cagados no meio do caminho.

Ali naquele lugar em que cai um resto de lagarto, bem ali no meio do caminho surge aquilo que vocês chamam de ferro. E o caminho vai ficando cheio de pedaços de ferro.

"Ele vai fazendo o ferro com a sua merda?", interrompo de novo, como se não tivesse aprendido que não se faz assim, que não se corta um narrador quando ele toma a palavra.

"Sim, é isso mesmo que acontece. Parece que você já tá conhecendo a história, então nem vou contar, ele diz."

"Não, não, de jeito nenhum! Eu não conheço direito, conte para mim!", insisto, tentando consertar a burrada.

"Só estou te contando agora porque os outros não estão aqui. Já está na hora de você conhecer essa história. Os Gaviões é que falaram, mesmo que o pessoal não ache bom, não. Já tá quase na hora", é o que me explica Tarotaro, que volta a narrar.

Os Amariatanas vão na frente e Amatseratu segue atrás.

Vão pegar os pássaros do alto da árvore principal.

Precisam pegar os pássaros da árvore principal para fazer os seus chapéus, os chapéus com as plumas mais finas.

Essas plumas só existem ali, no dorso daqueles pequenos pássaros mais bonitos que ficam aninhados em cima da árvore principal.

Atravessam o igarapé vermelho.

Depois passam pelo igarapé preto e pelo igarapé cor de fumaça.

Amatseratu olha fixamente para a bunda das mulheres dos Amariatanas.

Eles ralham com aquele que dizem ser seu irmão.

Amatseratu quase morde a bunda da mulher dos Amariatanas, quase mordisca seus grandes lábios.

A mulher tem vontade, mas também tem medo de ser devorada.

Os Amariatanas passam a mulher para diante deles para protegê-la e seguem na frente de Amatseratu.

Amatseratu tira pedaços de sua própria orelha e os mastiga.

Amatseratu, Aquele que Devora a Própria Orelha.

Depois de passarem pelo igarapé marrom, eles chegam na beira do grande buraco.

Amatseratu vai soltando um pó enquanto anda.

Do pó que cai da bunda dele surge aquilo que vocês chamam de vidro, negócio de copo, janela de casa de cidade.

"Daí você sabe o que aparece?", me pergunta Tarotaro interrompendo a sua história.

"Aparecem os lagartos?"

"Não, os lagartos ficam antes, aí aparecem as andorinhas, que surgem dos restos dos pedaços das orelhas de Amatseratu", ele explica.

"Ah, entendi. Então quer dizer que o Amatseratu, que ia transformando as coisas todas do caminho, queria também pegar a mulher deles?"

"Isso, isso, você tá sabendo direito, é isso aí mesmo que aconteceu." E Tarotaro retoma o rumo do caminho.

"Então foi dele que apareceram essas coisas da cidade?", pergunto intrigado, para ver se não estou entendendo errado ou tirando alguma conclusão precipitada.

"Sim, ele é que fez prédio, negócio de vidro, tudo isso." E então ele prossegue.

Ao final do quinto dia, passam através do buraco e chegam ao Outro Lado, dali eles podem encontrar a árvore principal.

Amatseratu engatinha atrás dos Amariatanas, inventa para si mesmo negócio de carrinho de criança igual ao de vocês porque está com preguiça.

Ele inventa carrinho de criança para andar enquanto é criança.

Depois cresce de novo e anda nas duas pernas só.

Depois anda só em uma perna.

Depois anda com perna nenhuma.

Por fim, chegam ao pé da árvore principal, no topo da qual as harpias fazem seus ninhos.

Eles devem subir pela árvore para chegar no ninho das harpias.

Os Amariatanas jogam a corda de tripas de anta para subir.

Vá você primeiro, diz um Amariatana para o outro.

Não, vá você que eu espero aqui embaixo, diz o segundo Amariatana para o terceiro.

Não, vá você que eu espero aqui embaixo, diz o terceiro Amariatana para o quarto.

Não, vá você que eu fico aqui cuidando da mulher, diz o quarto Amariatana para o primeiro.

"Parece que não se entendem!", digo.

"É mesmo assim esse pessoal, é ruim de eles se entenderem, eles não querem subir, os irmãos mais velhos." E Tarotaro continua.

Enquanto discutem, Amatseratu dá mais algumas mordidas e lambidas na bunda da mulher, sem que eles percebam.

Os Amariatanas não gostam que ele dê mordidas na bunda da mulher.

Não gostam que ele lamba os grandes lábios da mulher.

Mas ele é safado e morde mesmo assim, é criança mesmo, ele.

Suba você na árvore, dizem os quatro para Amatseratu.

Quando dizem assim, suba logo você na árvore, eles crescem, quase batem no topo do céu, e Amatseratu fica com medo.

Amatseratu faz menção de começar a subir pela corda de tripas de anta e os quatro Amariatanas voltam então ao seu tamanho original.

Os homens retornam ao tapiri de banho tomado e Tarotaro interrompe a história, para minha frustração. Me lança um olhar cúmplice e entendo que não devo insistir. Todos se ajeitam nas redes. Baitogogo deita-se ao meu lado. Traz algumas bananas maduras para mim, sabe que eu tenho fome e que não conseguiria encontrá-las sozinho aqui na aldeia de Tarotaro. Sinal de que não está mais bravo como antes na canoa, e de que sua mulher talvez não tenha falado nada sobre o episódio no igarapé. Conversamos, cheiramos rapé e tomamos wãchi. Adormecemos, enquanto Tarotaro segue com seu ensinamento de cantos aos filhos.

Acordo assustado, com restos de banana no colo. Estou sozinho no tapiri, a noite alta exibe um céu lotado de estrelas. É lua nova e a escuridão revela mundos ainda não identificados, uma multidão de pequenos pontos entre as Plêiades, pequenas galáxias entre as três mais brilhantes do cinturão de Órion, ou então é a infusão de wãchi que me deixa ver o imprevisto. O único foco de luz vem de dentro da maloca de Tarotaro, na qual os homens cantam acompanhados em coro pelas mulheres. Entro e sento discretamente na ponta dos bancos. Traduzo rapidamente alguns versos em meu caderno.

Chuva vermelha
Fogo do céu
Chuva de fogo
Árvores e cinza
Cinza cinza das árvores
Árvores e cinza
Cinza cinza das árvores

O canto adquire um aspecto de lamento vertiginoso. As mulheres choram por trás do canto. Os homens marcam com força os versos, como se tivessem com o peito engasgado. Todos os bebês começam a ficar inquietos e a chorar ao mesmo tempo. As crianças correm por baixo das redes e são contidas por suas mães. O canto para por um instante. Tarotaro está ajoelhado no chão com a mulher montada em suas costas. Tarotaro agora é novamente o Atitanga. E a mulher, com os olhos fixos nos olhos dos homens, transmite o que veem os Gaviões.

Fogo do céu, a panela do céu ferve sozinha acima das nuvens, a panela do céu.
Amatseratu ferve as pedras da panela do céu com toda sua raiva. Amatseratu.
Da borda da montanha de pedra as pedras rolam, a montanha rola, as pedras acendem o grande rio que transborda pelas beiras.
Os mortos dançam irados na aldeia celeste, os dentes afiados dos mortos apontam para esta terra.
Os dentes afiados dos mortos!
Fogo do céu, o fogo do céu transborda da panela, escorre pelos cantos do azul.

*As árvores, as árvores são calcinadas pelo fogo do céu, bolas de
fogo cuspidas pelo estômago do céu.*
Está ficando perto, tão perto, está ficando perto, tão perto.
A dança irada dos mortos no topo do céu.
*Colocam as malocas abaixo, secam as plantações, secam a carne
e os ossos, secam a carne e os ossos.*
Está ficando perto, tão perto, está ficando perto, tão perto, perto.
Hmhmhnm, ãmhãmãmhãm, Hmhm.

A mulher para por um instante de relatar as palavras do
Atitanga e segue-se um silêncio. Perplexo, percebo uma conexão dessa fala de Atitanga com a história do pegador de pássaros que Tarotaro me contava há pouco. Mas como será possível? Terão adivinhado o que Tarotaro dizia antes em segredo
para mim ou será apenas por acaso? Ou então sou eu que não
entendo? Todos estão atônitos e me olham, como se procuras-
sem em mim alguma resposta. Olho para Baitogogo como
quem pergunta o que está acontecendo. Baitogogo diz que os
Gaviões têm visto o fim dos tempos, que cada vez mais isso tem
aparecido nas falas do Atitanga. E começam a me interpelar.

"O que vamos fazer? Você deve saber o que é melhor
fazer. Deve saber quando tudo vai acabar."

"Não faço a menor ideia", digo. "Perguntem para o Tarotaro, como vou saber? Eu nem vi isso que os Gaviões estão
dizendo! Mas deve ser mesmo verdade, porque os brancos
também andam falando dessas coisas."

"Então pelo menos leva a gente para tomar cerveja na
cidade!", alguém fala, e todos dão risadas.

"É por isso que eu falei, que você é que era pra ser o governo, o presidente!", cochicha Baitogogo em meu ouvido, com certa tensão no tom de sua voz.

"Você é que é agora o nosso dono", diz alguém para o Baitogogo, "pergunta pros Gaviões o que a gente vai fazer!"

"Sou dono, não! Pessoal falou de presidente, mas eu não tô achando bom, não! E o velho ainda não morreu, o Apiboréu", responde Baitogogo, piscando os olhos de nervoso.

A Tarotaroati parece domar novamente o Atitanga. Ela segue transmitindo aqueles panoramas desalentadores com suas palavras nervosas.

Quando morrer aquele que há tempos nasceu, o céu começará a transbordar.

Quando morrer aquele que há tempos nasceu, os peixes todos apodrecerão nos rios.

Quando morrer aquele que há tempos nasceu, os que mexeram na mulher dos outros ficarão atolados no rio subterrâneo.

O fogo da terra encontra o fogo do céu.

Amatseratu é criança que traz o fogo da terra para o fogo do céu, ele acaba com a terra e o céu.

Amatseratu constrói e destrói as cobras de vidro das cidades.

Manaus, Europa, Jerusalém.

Mães parem bebês pelas costas, mães parem bebês pelos ouvidos.

Os alimentos saem por onde não deveriam, os ossos se dissolvem dentro da pele, as pessoas desmontam flácidas pelos cantos.

Os dedos de fumaça invadem os cantos da terra.

Fumaça da Casa de Pedra, Fumaça da Casa de Vidro.

Manaus, Europa, Jerusalém.

Tomado por essas palavras e pela potência das visões, deixo por alguns instantes de escrever em meu caderno. Nunca no laboratório havíamos identificado especulações apocalípticas nessas partes da floresta. Aprendi, porém, a esperar tudo do mato profundo. Cúmplices das articulações da terra, esses Gaviões, que não são a mesma coisa que os pássaros conhecidos pelo mesmo nome, aqueles que voam por aqui e que conseguimos enxergar com olhos comuns, sabem quando ela começa a se perturbar por alguma razão – e razões para isso não faltam, aliás, nos tempos atuais.

Minhas divagações se somam à confusão simultânea da maloca, alvoroçada pelas palavras do Atitanga, dos Gaviões. Será por isso que inventaram esse papo de presidente, de governo? O presidente que, no caso, é ainda o Apiboréu, mesmo que fraco e quieto em sua maloca, deveria conseguir regular esse excesso de sentido trazido pelo Atitanga em que se transforma o Tarotaro? Será que, sendo assim, Baitogogo não teria razão? Eu é que deveria ser o presidente no lugar de Apiboréu! Sim, pois bem ou mal poderia entender melhor, então, essa conversa sobre os cataclismos. Andam discutindo e lendo muito sobre isso no laboratório nos últimos tempos, desde aquele projeto realizado em parceria com os geólogos finlandeses. E talvez com isso fosse possível mediar a conversa com os Gaviões, a fim de conduzir as coisas para o melhor estado possível. Por alguns instantes titubeei, cheguei até a pensar na coerência de tal ideia, evidentemente absurda.

Baitogogo e os homens conversavam em silêncio sobre as palavras de Tarotaroati. Tomavam goles e mais goles de wãchi. Dizem que Amatseratu talvez estivesse para retornar de seu

exílio nas cidades de pedra, depois do episódio do surgimento
e de sua separação dos quatro Amariatanas.

"O que vamos fazer?", me perguntam.

"Bom, eu vou dormir. Vocês, não sei", digo.

"Vou com você", diz Baitogogo.

Saímos sob o céu que agora fechou por completo, pare-
cendo tramar uma tempestade.

"Melhor amarrarmos a canoa no porto", sugiro.

"Sim, se não é capaz da chuva levar embora. Melhor mesmo amarrar", ele concorda.

Depois de ajeitar a canoa, voltamos para cima do barranco, passando rapidamente pelo bananal de Tarotaro enquanto
a chuva não cai. Em seguida, amarramos nossas redes no tapiri. Comemos mais algumas bananas que Baitogogo havia
encontrado e abro mais um pacote de bolacha e uma lata de
salsicha. Isso deve bastar como jantar. Deito como se fosse um
cadáver, coberto pela massa revolta escura das nuvens.

Uma tempestade poderosa quase varre o frágil teto sob o
qual nos abrigamos. A enxurrada passa por trás do assoalho
baixo de paxiúba e já quer levar tudo embora. Corremos às
pressas para dentro da maloca e nos deitamos em cima dos
bancos triangulares. Passo a noite em claro, entre restos de
visões de wãchi, choros de crianças, broncas de mães e todo
aquele barulho de casa viva.

Agora deve ser quatro da manhã, mas é impossível ficar
deitado. Todos já estão de pé e esperamos o dia amanhecer no

terreiro que, a esta altura, está novamente banhado pelo céu de estrelas. Céu cristalino, aberto, ainda mais nítido por ter sido lavado pela tempestade. Céu de mundo novo, recém-surgido no meio de outro céu mais velho.

O grande espírito

Às seis da manhã, chamam Baitogogo no rádio da farmácia. É o pessoal de Volta Grande que passa a notícia. Antonio Apiboréu morreu em sua rede durante a noite. Segundo os relatos do rádio, parece que morreu quieto, dormindo, aparentemente sem sofrimento algum, mas nem por isso ileso de ataques invisíveis que costumam vitimar as pessoas mais velhas. O momento, porém, não é para especulações sobre as origens do ataque: o que importa é que todos começam a sentir falta daquele que servia de esteio para as pessoas daqui. Por conta disso, o rio inteiro está comovido e se dirige à aldeia para o funeral. Mesmo os antigos desafetos de Apiboréu, aqueles que em tempos remotos cultivaram disputas e trocas de acusações de feitiçaria com o velho pajé, agora sentem a partida deste que é um dos últimos a ter crescido à maneira dos antepassados. Um dos últimos com sangue claro, o sangue transparente transformado pelos anos dedicados ao wãchi e à vida invisível. Baitogogo mal controla o choro compulsivo, todos ali começam imediatamente a puxar os cabelos, entram em um lamento geral vertiginoso que me abala profundamente, como se insinuasse algo como um abandono conjunto da vida, uma forma tão disseminada de tristeza que poderia até conduzir ao suicídio coletivo. Sei que isso não acontecerá, sei que essa é uma maneira ritualizada de lidar com a perda e que tudo se acalmará com a passagem do tempo, mas a partida de alguém como Apiboréu deixa o luto muito mais intenso do que o normal. Fico com os olhos cheios d'água e o peito preso, mas não chego a arrancar os cabelos e a rasgar minhas roupas, como meus companheiros. Baitogogo inclina-se repetidamente para a frente, sentado, e deixa formar um grosso fluxo de catarro e lágrimas que sai de suas narinas e quase chega ao chão, enquanto um canto agoniado transforma o seu choro.

Meu grande gavião
o grande gavião
em círculos sobre as casas
Meu grande gavião
em círculos sobre as casas
porque voa em círculos
sobre as casas
meu grande gavião
por que não está
mais por aqui
e voa em círculos
sobre as casas?
Meu grande gavião...

A mulher de Baitogogo, sua filha Ina, Tarotaro e sua esposa, todos sentam-se e choram convulsivamente os seus cantos. Baitogogo levanta tremendo, quase cai no chão, mal consegue falar, mas pede, balbuciando, para que eu arrume a canoa, porque vamos todos descer imediatamente. Antonio Apiboréu, o grande espírito destas terras, o velho presidente, faleceu.

Atravessamos em silêncio as árvores que se dobram sobre o rio. Conduzo a longa canoa na qual cabemos todos, inclusive os moradores da aldeia de Tarotaro, exceto dois de seus filhos, os mais novos, que descem sem remo nem motor em uma canoa menor. Quando morre alguém do porte de Apiboréu, não se pode fazer esforço algum. Deita-se.

As árvores parecem crescer às nossas costas, enquanto passamos pelas outras aldeias e somos seguidos por todas as canoas que descem sem remos nem motor, de bubuia. Por cima, um fenômeno inusitado: aves de rapina, que costumam voar sozinhas, nos acompanham em bando, como se fossem urubus. Harpias, cãocãos, falcões-de-coleira, carcarás, todos quase cobrem o céu acinzentado deste dia estranho.

Ao chegar em Volta Grande, deixamos as canoas amarradas na praia e subimos em silêncio pela escada do barranco, que termina bem em frente à grande maloca de Antonio Apiboréu. Baitogogo e sua mulher voltam a chorar convulsivamente e a rasgar as próprias roupas. Do couro cabeludo dos filhos de Apiboréu já correm filetes de sangue, tamanha a violência com a qual arrancam chumaços inteiros de cabelo. Todos se desesperam e cantam palavras abafadas em meio a soluços, fluxos de lágrimas e de secreções.

Fico sentado, quieto, em um banco diante da maloca,

com Pasho, o anão, e mais as crianças atracadas em meu colo e ombros. Em meu íntimo, sei que em pouco tempo não conseguirei mais encontrar sentido na minha permanência por aqui, como se o acontecimento só viesse a confirmar o mal--estar que tenho vivido.

O corpo de Antonio Apiboréu está acomodado no alto de um jirau, no centro da maloca, rodeado por quatro escadas nas quais as pessoas sobem para poder enxergá-lo pela última vez. A rigor, enxerga-se apenas uma máscara de argila que havia sido colocada no dia anterior sobre sua face, "para que os vermes não devorem os olhos", como dizem. O corpo, rígido e bem ajeitado, não passa sensação de peso ou sofrimento. Pelo que Tarotaro me contou, Apiboréu teria morrido ao ver em sonho os seus pais, que o chamavam para uma refeição. Ele já estava praticamente ausente, já estava leve antes mesmo de morrer e, agora, o processo apenas tinha chegado ao fim.

Eu e Tarotaro subimos no jirau para ver o corpo. Fico de um lado e o pajé do outro, de modo que, entre nossas cabeças, está a do defunto. Tarotaro remove lentamente a máscara para olhar pela última vez o rosto de seu parente. Ambos conseguimos ver uma fina névoa branca sobre a face, com os lábios e olhos serenos.

"Agora é bom de ele ir embora, bom de passar na nuvem, porque ele vai não pra baixo nem pra cima, vai ficar na Árvore, virar nuvem de árvore."

"Vai ficar aqui nas árvores?", pergunto.

"É para o céu que ele vai, mas não é no céu lá mais alto, não. É nesse aí da Árvore, que tem o seu céu, o céu pra onde ele vai, ele vai mesmo para esse céu. Já tá chegando lá."

"É bom que seja assim, não?"

"É bom que ele vai ficar ali mais o irmão e os pais dele. Eles tão todos ali na Árvore mesmo, na árvore que ele vai ficar. Mas se queimar tudo aí é ruim de ficar, se queimar, aí não sei não pra onde é que vai."

Cobrimos o rosto com a máscara e descemos pelas duas escadas. Tarotaro, não por acaso, é o único que, além de mim, controla o choro e consegue dar certa diretriz ao caos que se instala na aldeia. No terreiro, todos começam a se deitar. Deitam-se no chão, em toda parte, porque é perigoso ficar de pé. Ficam o dia inteiro deitados sem comer nem beber água ou defecar. Apenas soltam um lamento baixinho pelo canto dos lábios. Deixam de rasgar as roupas e arrancar os cabelos e ficam deitados. Se levantassem, o defunto poderia passar sobre a cabeça das pessoas e se enrolar nos fios de cabelo. Terminaria caindo em algum canto da aldeia, ficaria ali jogado choramingando atrás de uma bananeira, em um pé de babaçu.

"Até quando ficarão deitados?, pergunto a Tarotaro, porque já começa a escurecer e fico preocupado.

"Essa chuva pode deixar o pessoal doente, eles estão ensopados de lama", sigo dizendo.

"Já tá todo mundo doente, o deitado é assim mesmo, depois vai passando."

"E por que você não deita, Tarotaro?"

"Eu não sou igual a eles, não, sou mais é igual a você, não tô bem aqui."

"Não tá bem aqui?"

"É não, eu nem sou eu, já vivo em outro lugar enquanto

falo aqui com você, mas eles, eles estão aí todinhos, eles mesmos aí dentro deles, por isso que é bom de ficar deitado, pra não confundir o morto."

"Certo, mas não vão comer?"

"Eles não precisam, mas bora nós comer?"

"Vamos."

Entramos na minha casa. Cozinho arroz, feijão e mais algumas bananas.

"Comida de verdade não tem, Tarotaro. Hoje é só isso mesmo."

"Tá é bom demais. Esquenta café depois, que é pra gente conversar."

Terminamos de comer e passo o café. Tarotaro se ajeita na minha rede e fico sentado no chão, pensando na cidade, na minha casa, na possibilidade de uma partida nos próximos dias, quem sabe no próximo mês, quando passar alguma equipe por aqui. De fato, com a partida de Apiboréu, tudo deixou de fazer sentido. Tudo, exceto pela história que ainda me cativa com o seu magnetismo. Tarotaro se balança na rede olhando para o teto de palha, enquanto escutamos ao fundo o som dos lamentos daqueles que se espalham deitados pela aldeia. Já escurece e ninguém se levantou.

"Mas então o bicho tava subindo."

Tarotaro começa a engrenar de novo a história do pegador de pássaros; corro rápido para pegar o gravador e o meu caderno, pois ele usa algumas palavras diferentes das comuns, e preciso anotar e traduzir. Atropelo algumas delas; o cansaço tira minha concentração. Mas, pelo menos, Tarotaro faz a gentileza de contar devagar, retomando aquele momento em que Amatseratu, o irmão mais novo, era obrigado por seus quatro irmãos a subir na árvore para pegar os filhotes de harpia. Os irmãos mais velhos, os Amariatanas, aqueles que haviam adotado um aspecto assustador, os olhos vermelhos e os dentes afiados, e que assim obrigavam o mais novo, o atrapalhador, a iniciar sua subida. Sigo escrevendo velozmente no caderno.

Amatseratu começa a subir pela corda de tripas de porco.

Ele passa pelos pica-paus, passa pelas lagartas, passa pela casa dos macacos-da-noite e vai subindo.

Quando chega lá em cima, ele fica olhando aqui para baixo e diz: Já cheguei!

Os quatro irmãos lá debaixo, mais a mulher deles, falam para ele pegar os filhotes das harpias e jogar para baixo.

Amatseratu começa a pegar os filhotes de harpia.

Pega o mais bonito e guarda para si. Joga o mais feio para baixo.

Jogue os mais bonitos!, dizem os irmãos.

Amatseratu mexe mais ainda no ninho. Acha o filhote mais bonito e guarda para si.

Joga o mais feio para baixo, joga o filhote doente.

Jogue os mais bonitos!, dizem os irmãos, descontentes.

Ele olha de novo no ninho, pega o mais bonito e guarda. Joga o mais feio, o filhote doente.

Dissemos para você jogar os mais bonitos, foi para isso que você subiu aí!

Espera, é que eu não estou achando!, engana Amatseratu.

E ele joga os mais feios.

Ande, jogue os mais bonitos!

E ele joga os mais feios.

Os Amariatanas começam a ficar realmente bravos. Puxam a corda de tripa de porco e deixam Amatseratu preso no topo da árvore.

Vão embora com a mulher, dando risada daquele que dizem ser o irmão mais novo.

Lá do topo da árvore, Amatseratu chama pelos irmãos.

Ô, eu quero descer, espera aí que achei os filhotes mais bonitos, ei espera aí que vou descer, espera aí que vou descer, vou jogar os filhotes mais bonitos!

Mas os irmãos já estão longe, vão embora cantando com a mulher.

"Então ele ficou preso lá em cima?", pergunto meio perplexo.

"Sim, ele ficou. Ele que já tinha feito aquela besteira, que tinha feito de novo as pessoas de carne. Agora ele fez de novo isso daí, o atrapalhador. E os irmãos deixaram ele lá", explica Tarotaro, e segue com a sua história, que vou traduzindo nos meus rabiscos.

Amatseratu grita desesperado, mas já é tarde demais, ele está preso no topo da árvore.

O dia escurece e ele fica preso ali na árvore.

Sem comida nem bebida, só agarrado no galho da árvore.

O sol quente derrete seus cabelos, ele tem sede, parece que bebe a própria urina.

Chega a harpia grande, que pergunta por seus filhotes feiosos.

Amatseratu entrega os filhotes mais bonitos, que ele havia escondido.

Harpia encontra os filhotes feiosos no chão, lá embaixo, todos pisoteados e amassados pelos quatro irmãos.

Harpia começa a bicar a cabeça de Amatseratu, que fica sem cabelo e sem crânio, com o cérebro para fora.

Harpia vai embora e deixa Amatseratu ali com o cérebro descoberto.

Ele cobre a cabeça com uma folha para o cérebro não assar no sol.

Outro bicho vem e diz que quer devorar o cérebro de Amatseratu.

Amatseratu deixa o bicho devorar seu cérebro e depois faz outro crescer no lugar.

Outro bicho vem e quer devorar o corpo inteiro de Amatseratu.

Ele conta toda sua história, conta que os irmãos o deixaram preso ali e que ele ficou sem mulher, sem comer e sem beber. O bicho vai embora.

Chegam, por fim, as larvas que vivem em um tronco podre da árvore.

O que você está fazendo aqui?, elas perguntam.

Estou aqui. Meus irmãos me deixaram preso, sem comida nem bebida nem mulher, ele explica.

Amatseratu está querendo mulher e pergunta se as larvas não têm nenhuma filha moça.

Amatseratu-larva entra na casa das larvas e vive ali com elas.

Durante algum tempo, vive com uma mulher-larva e tem filhos-larva.

As larvas entram em fase de pupa.

Amatseratu acompanha esse estado, dorme em uma bolsa de finas linhas brancas que envolve seu corpo.

Nesse tempo em que dorme, Amatseratu lembra-se de seus irmãos, sente falta da mulher e começa a cultivar um sentimento poderoso de vingança.

Quando as crisálidas começam a sair de sua casa, elas já têm aspecto de insetos, mas Amatseratu segue sendo ele mesmo.

Amatseratu voa junto com os insetos e chega no primeiro céu, em que vive o dono dos insetos.

Você chegou, diz o dono.

Sim, cheguei.

O que faz aqui?

Meus irmãos me deixaram preso em cima da árvore, sem comida nem bebida nem mulher. Foram embora e me deixaram em cima da árvore, ele explica.

Aqueles que dizem ser seus irmãos não são seus irmãos, nós é que somos seus verdadeiros irmãos. Venha cá!, diz o dono dos insetos.

"Tu não tá dormindo, não, né? Acorda aí!", brinca Tarotaro comigo.

"Não, Tarotaro, eu tô concentrado, te escutando."

"Agora é que é bom de escutar o Amatseratu, que você tá conhecendo. Já conhecia ele, não é?"

"Não, não conhecia, não, só tinha escutado um pouco da história."

"Mas não viu ele lá, naquele seu lugar de passear? Ele tava lá."

"Não vi, ou pelo menos se vi não percebi direito quem era. Por quê? Ele fica caminhando lá pelas cidades, pelas ruas de asfalto das cidades?"

"Amatseratu é assim mesmo, é passeador. E foi ele mesmo que fez as cidades, que fez tudo isso de tecnologia mesmo."

"Toda a tecnologia?", pergunto.

"Sim, ele que fez relógio, computador."

Lavo a panela e passo mais um café. Aproveito para abrir um dos últimos pacotes de bolacha que ainda sobraram. Coloco as bolachas em um prato de plástico, para comer junto com Tarotaro, que agradece. Melhor seria um pão com mortadela, penso em voz alta. Tarotaro quer saber o que é mortadela. Explico que se trata de uma espécie de carne de origem duvidosa, talvez um misturado de todas as carnes. Tarotaro diz que é isso aí mesmo, que foi coisa que Amatseratu inventou, que ele já tinha ouvido falar desse negócio de mortadela da boca dos Gaviões. Parece que os Gaviões também têm a mortadela deles, que é diferente, melhor. Gosto da ideia de Tarotaro, a mortadela melhor dos Gaviões... Sinto que estou dispersando demais o velho, que é melhor retomar de alguma maneira o fio da meada, antes que alguma coisa aconteça e eu não consiga registrar a história de uma vez por todas.

"Mas então como é que é mesmo, Tarotaro? Ele ficou vivendo com as larvas e depois voou quando elas ganharam asas? Foi aí que ele chegou naquele lugar em que mora o dono dos insetos?"

"Pois é, que foi isso que aconteceu mesmo, tá bom é de pegar de novo o caminho que ele fez, o atrapalhadão, o doido, Amatseratu."

Tarotaro aproveita para cheirar um pouco mais de rapé e se acomoda na rede. Se balança um pouco, olha para o alto. Fecha os olhos. Por um instante, fico com medo que ele adormeça e não termine a história. Se isso acontecer será o fim, penso. Não se pode jamais, sob hipótese alguma, acordar aquele que é o Atitanga. Mas Tarotaro de repente abre os olhos e recomeça, com aquele tom de voz alterado nas narrativas. Começo a traduzir o que consigo, deixando para trás, como sempre, uma série de outros detalhes impossíveis de colocar no papel. Exausto, acabo abandonando a tradução escrita e confio só no gravador. Tarotaro enfim parece ter terminado a história e dorme. Depois repasso a gravação para completar a tradução do trecho final, agora já não posso mais.

Preciso me lembrar de recomeçar exatamente nesse trecho, em que Amatseratu, após ter encontrado os seus irmãos-inseto, é levado de volta para a terra. Se entendi bem, os irmãos dão para Amatseratu alguns instrumentos com os quais ele poderia se vingar dos seus falsos irmãos, aqueles que o deixaram preso no topo da árvore. Parece que eles entregam uma agulha ou algo assim, foi isso que consegui entender das palavras de Tarotaro. Amatseratu, então, encontraria os seus falsos irmãos para criar o que parece ser um ardil. Ele finge que vai tirar bicho do pé dos irmãos mas, na verdade, termina por descosturar um a um, ou seja, todos os quatro, que são na verdade apenas um, os Amariatanas. Foi dessa forma então que Amatseratu saciou o seu desejo de vingança? Parece que fez desaparecer os Amariatanas! Mas como? Como ficaria o mundo sem eles? Existiria possibilidade de mundo? Enredado nessas questões, mas exausto pela escuta da longa história, acabo também por cochilar na rede.

Acordamos com Baitogogo entrando e fazendo estardalhaço na casa. Ele anuncia o fim do período de "deitar". Penso em pedir para ele voltar daqui a pouco, para assim poder perguntar mais detalhes a Tarotaro, mas estamos todos tristes e deixarei para depois as minhas dúvidas sobre o fim. Talvez não consiga perguntar, lamento sozinho, talvez não consiga. Terá

Amatseratu se vingado de todos? Ou não era exatamente uma vingança? Que tipo de vínculo ele realmente tinha com os seus irmãos mais velhos? Ele era o estragador, mas não deixava de ser irmão? Por que os insetos se consideravam os verdadeiros irmãos de Amatseratu? Baitogogo entra na casa e senta ao nosso lado. Nos abraçamos, coisa rara por aqui.

Ele começa a falar dos preparativos para o funeral, que precisam ser feitos ainda hoje durante a noite. Saímos os três para o terreiro da aldeia e Benedito Geriguiguiatugo, um pouco mais recuperado de seu luto, junta-se a nós. Ajudo a retirar o corpo do defunto que está suspenso no jirau e a trazê-lo para o centro do terreiro. Daí em diante, acompanho à distância o funeral, enquanto as mulheres massageiam o cadáver pela última vez. Os homens juntam as folhas de palmeira que devem cobrir o corpo e, em seguida, passam também a massagear o defunto em forma de homenagem. Cantam palavras que eu nunca havia escutado antes. Anoto em meu caderno.

Grande gavião
seus ossos estalam
Grande gavião
seus ossos crescem
Grande gavião
seus ossos seguram o mundo
Grande gavião
seus ossos sustentam o chão

Em seguida, todos dançam, alternando cantos que aludem aos ossos do morto. Seguem sem parar para comer até a manhã do dia seguinte. Então fazem uma pausa e deitam-se por alguns instantes, no mesmo lugar em que pararam de dançar. Nesse momento, Tarotaro me explica mais uma vez, o morto ainda está voando pelas redondezas da aldeia. Se as pessoas param de dançar enquanto seu corpo ainda não terminou de ser massageado, corre-se o risco de ele se alojar nas costas das pessoas ou de se perder por aí. Por isso todos se deitam.

Os homens mais jovens acendem algumas tochas dentro da maloca, queimam uma fogueira com aquelas folhas de palmeira. Recomeçam os lamentos e choros compulsivos, voltam a rasgar as roupas e arrancar o pouco que resta de seus cabelos. Em seguida, pintam-se todos com uma tintura preta, como se quisessem se esconder do morto e das chamas. Terminam as massagens em homenagem ao morto e o ajeitam ali, no meio da fogueira. Esperam até que o fogo devore todas as carnes.

A fumaça preta que se desprende dali acende um sentimento de perda profundo em meus ossos, como se também eles estalassem nas mesmas chamas que devoram o falecido. Tarotaro e sua esposa descansam dentro da maloca. Volto à minha casa, pois já escurece e é preciso esperar as brasas esfriarem. Enquanto isso, todos permanecem deitados novamente no meio do terreiro, imóveis, murmurando seus cantos de lamento. Agora que meu pai se foi não vou poder mais roubar melancias do seu roçado, ouço um de seus filhos se lamentar. Agora que meu marido se foi não tenho mais o seu pênis só para mim, escuto a mulher dizer em seu canto. Agora que meu pai se foi não poderei mais comer peixe assado com ele nem aprender a fazer cestos, diz outro.

Antonio Apiboréu também fará muita falta para mim.

Na madrugada alta, as brasas já esfriam e todos começam a separar os ossos das cinzas. Colocam os ossos em uma rede velha e levam o embrulho para dentro da maloca. Ali, Tarotaro e sua esposa coordenam a remontagem do esqueleto, parte por parte. Colocam novamente em pé todas as vértebras, amarradas com cordas finas de tucum, mais todos os ossos que são novamente encaixados e articulados, com uma impressionante técnica e domínio de anatomia.

Quando o esqueleto está inteiramente recomposto, fazem com que ele permaneça deitado em sua rede e pintam-no com faixas vermelhas e negras. Na sua cabeça, colocam plumas de harpia. E, em seguida, cantam.

O grande gavião
volta para se despedir
ele volta para nos deixar
O grande gavião
volta para se despedir
ele volta para nos deixar

Colocam pequenas panelas com água e comidas embaixo da rede e param de chorar. A comida ficará ali até que o morto decida partir de uma vez por todas, já saciado e convencido da sua nova condição. No dia que amanhece, temos a impressão de que quase tudo volta ao normal. Eu mesmo mal consigo encarar o defunto ali, remontado, com o aspecto solene de uma divindade tornada visível. A divindade-esqueleto magnífico, com suas plumas e pinturas reluzentes. As pessoas se esforçam para esquecer a tristeza e retomam seus afazeres, muito embora sempre tenham que engatinhar ao entrar na grande maloca do falecido. Do lado de fora, podem andar de pé, mas dentro devem sempre engatinhar, seria perigoso fazer de outra maneira. Assim será pelos próximos dias, ao menos enquanto ele ainda estiver por ali. Não se pronuncia mais o seu nome, apenas "gavião", ou "nosso parente".

Tarotaro diz que ele está aí desse jeito para segurar o mundo. São os esqueletos dos mortos importantes, tais como Apiboréu, que seguram o mundo com seu espírito quando estão ali, pintados e deitados na maloca.

No final da tarde, chega uma canoa com missionários que vieram visitar a aldeia. São norte-americanos fundamentalistas, vinculados a uma instituição poderosa que espalha seus emissários por todo o mundo. Há quem diga que são espiões a trabalhar pelos interesses comerciais dos gringos, o que não seria de todo improvável. Eles têm uma base no outro lado do rio, na aldeia dos orotudos, pelo menos desde os anos 1940. Pousaram na arriscada pista de pouso que ainda existe rio acima e desceram de canoa para prestar suas condolências aos parentes de Apiboréu. O falecido era respeitado por todos na região, era mesmo um grande homem, digno da maior consideração.

Ninguém parece reagir à presença dos americanos, enquanto sobem pelo barranco. Ao chegarem no terreiro, me encontram próximo à maloca e me olham com certa pena, como se eu estivesse condenado ou perdido. Aos olhos dos missionários, devo parecer mais desencontrado do que freira em festa do diabo. Mas apesar de todo esse aspecto melancólico, consegui enfim escutar a tal da história. E a morte de Apiboréu mostrou que, de alguma forma, já não precisaria mais viver por aqui como antes, como tenho feito ao longo desses anos todos.

Troco com eles algumas palavras em inglês, pergunto por notícias da guerra no Oriente Médio e sobre o caos em Nova York, mas eles não dizem nada, não sabem nada, só da palavra e dos feitos do Senhor. Parecem extraterrestres saídos diretamente de alguma fazenda-modelo do Idaho, com suas meias altas nos joelhos, shorts cáqui e camisas sociais.

Vão até a porta da maloca e tentam conversar na língua nativa com os filhos do falecido, que dizem algumas palavras rápidas e saem dali em direção aos seus roçados e demais afazeres. Não estão interessados em acompanhar os missionários. A maloca fica vazia, ninguém está por ali e os gringos entram sozinhos, sem engatinhar. Logo recuam, apavorados com o esqueleto que está deitado na rede. Assisto a cena de longe, da minha casa. Eles decidem então me visitar e digo que podem entrar.

"Como você está?", perguntam.
"Estou bem, obrigado."

A mulher do missionário-chefe me dá de presente um pedaço de pão embrulhado em um pano. Quase ofereço minha alma em sacrifício ao Senhor por aquele presente, por aquele perfume que eu já não sentia há meses. Não me contenho e começo a devorar o pão.

"Você não parece estar muito bem", diz a missionária.
"Parece estar aflito, perdido, muito magro", diz o missionário.

"Hmhum", digo enquanto devoro o pão. "Estou bem, obrigado."

"Os caminhos do Senhor são estreitos, feliz daquele que os percorre", diz a missionária insistente.

"A palavra do Senhor acalma o coração angustiado", reforça seu marido.

"Sim, claro", respondo meio sem paciência.

"Você faz um bom trabalho por aqui, mas não deveria deixar que eles continuem com essas práticas do Demônio. O que é aquele corpo horrível no meio da maloca?", pergunta a missionária.

"Isso é problema deles", respondo.

"Isso é problema dos filhos do Senhor. Missionário Jonathan, por favor, traga a bíblia para mim."

O missionário abre em alguma parte do Novo Testamento e recita alguns versículos. Baitogogo e Geriguiguiatugo entram em minha casa e escutam a conversa.

"Meu filho, porque não se volta para os caminhos do Senhor?"

"Eu já estou neles...", digo.

"Sim, mas deves trilhá-los com o coração. Apenas o coração, e não a razão, leva ao Senhor."

"Sim, obrigado pelos conselhos, mas preciso trabalhar. Vocês precisam de mais alguma coisa? E obrigado pelo pão."

"Precisamos da sua alma, da sua sinceridade."

"Com a minha sinceridade vocês podem contar."

"Bem, esperamos te encontrar em outras condições da

próxima vez. Por favor, não deixe de nos procurar também quando estiver na cidade, queremos iluminar o seu caminho."

O missionário Jonathan, com as maçãs do rosto verme-lhas e uma timidez de eterno virgem assustado, olha com me-do para Baitogogo e Geriguiguiatugo. Em seguida, entra tam-bém o filho daquela que dizem ser minha mãe, ou seja, meu irmão, que tem os dentes afiados. Ele sorri e o missionário Jonathan fica ainda mais assustado. Todos se retiram da minha casa; fico ali apenas com os índios.

Os missionários caminham em direção à maloca do fale-cido e ao caminho que leva ao porto. Hesitam e terminam entrando novamente na maloca. De repente, vemos o casal mais velho sair correndo dali, alvoroçados. Alguns gritos ca-vernosos saem de dentro da maloca. O casal mais velho desce desesperadamente as escadas. "O sangue de Jesus tem poder!", gritam. "O sangue de Jesus tem poder!", berram histéricos. Entram na canoa, ligam o motor e saem frenéticos pelo rio, deixando o jovem e assustado missionário Jonathan para trás.

Vamos os três correndo ver o que aconteceu; entramos na maloca escura e tropeçamos em algumas panelas e cachor-ros. O missionário Jonathan está caído no chão, próximo ao esqueleto do falecido. Ele estrebucha, treme, solta uma baba branca da boca, tem os olhos virados para cima e os dentes cerrados. Tragam rápido um pedaço de pano!, digo, e trazem um pedaço de pano. Enrolo minha mão naquele pedaço e tento forçar a abertura da boca do missionário. Coloco o pano entre os dentes para que ele o morda e não arranque a própria língua. Para mim, isso é claramente um ataque epilético, mas, para os outros missionários, é certamente o Príncipe do Mal que se apodera de mais um caído. Para os meus parentes talvez seja uma manifestação de Atitanga ou algo que apenas Tarotaro saberá explicar. Seguro a cabeça do missionário Jonathan para que ele não termine de esfacelá-la com as fortes batidas que dá contra o chão. De fato, escorre agora um pouco de sangue em minhas mãos.

Baitogogo e Geriguiguiatugo me olham atônitos e outros começam a entrar na maloca para ver a confusão. Peço para Geriguiguiatugo trazer material de sutura. Ele vai andando devagar em direção à farmácia e traz todo o material solicitado. Aos poucos, o missionário Jonathan começa a recobrar os sentidos e a sair de sua crise. Ainda não totalmente recuperado, já balbucia algumas palavras.

"Não durma, é importante que você fique acordado. Você teve um ataque epilético e machucou a cabeça. Vou agora fazer uma pequena sutura", digo.

"Graças ao Senhor, irmão", ele responde.

Viro o seu corpo e faço um curativo em sua cabeça. Ele tem um corte profundo, mas não arrisco a costurá-lo, tampouco Geriguiguiatugo se arrisca, e dou mesmo um ponto falso. Então o missionário Jonathan recupera totalmente seus sentidos e também a razão. Fica novamente apavorado.

"O que estou fazendo aqui? Que lugar é esse? Quem são vocês? Onde estão Thomas e Barbara?", pergunta ansioso.

"Eles foram embora, fugiram com medo e te deixaram aqui", respondo.

"O que será de mim agora? Meu Deus, por favor, não me abandone, por favor não me devorem."

"Calma, ninguém aqui é canibal...", digo.

"Amatseratu é canibal", diz Baitogogo com certa ingenuidade.

"Bem, mas Amatseratu não está aqui", respondo.

"Sim, ele tá aqui", responde Baitogogo sem dizer bem aonde.

"Ai, meu Deus, o que será de mim? Por que me abandonaste?", lamenta-se o missionário.

Jonathan tenta escapar correndo para a floresta, grita chamando por Thomas e Barbara, grita por Deus, rasga as roupas e o corpo no primeiro espinhal em que se enfia, logo na saída da maloca. Fica preso em um emaranhado de mato e cai por ali mesmo. Tentamos pegá-lo de volta e trazê-lo para a aldeia, tentamos acalmá-lo e dizer que está tudo bem, mas ele resiste violentamente, quer escapar, suas maçãs do rosto já estão roxas e não mais vermelhas; dou uma rasteira no missionário Jonathan e seguramos seus pés e braços; enfim esse cara vai parar de encher o saco, penso. Ele se debate e se contorce, mas somos evidentemente mais fortes e o trazemos de volta para a aldeia. Ele grita socorro, vão me devorar, Senhor, porque me abandonaste. Trazemos o missionário Jonathan para dentro de uma casa vazia e trancamos a porta e o deixamos ali, até que fique quieto.

Partida

Uma semana se passou desde que os missionários vieram aqui e de que o esqueleto do defunto está paramentado na maloca. O missionário Jonathan está mais calmo, mas ainda teme os supostos canibais, insiste em ser mantido trancado dentro da casa e aguarda por um resgate. Nesses dias, fico sozinho em minha casa, lendo livros e revisando as traduções sobre o pegador de pássaros. Tarotaro voltou para sua aldeia, mas deverá retornar para cá amanhã, porque já é hora de passar à última etapa do funeral.

Sinto a febre chegando, colho sangue, mas não encontro outros sinais que poderiam indicar malária. Indisposto, aguardo pelo retorno de Tarotaro e adormeço, enquanto o missionário Jonathan canta alguns salmos em sua casa. De certa forma, sua presença ali me alivia, esvazia um pouco aquelas conversas internas que me atormentavam nos últimos tempos. Ele serve de contraponto para mim mesmo, ali atormentado com os seus demônios de verdade. Aquela que dizem ser minha mãe vem me visitar com meu irmão, o de dentes afiados, e pergunta se estou melhor; digo que sim, que estou melhor, e ela me deixa um cacho de banana-maçã e pede um pouco de açúcar.

Baitogogo entra em seguida com sua mulher e Ina. Voltam de um dia de trabalho no roçado e pedem café. A mulher está com o corpo suado e os belos seios novamente à mostra, para o meu tormento. Não consigo afastar o olhar, impossível afastar o olhar. Baitogogo evidentemente percebe tudo aquilo, mas faz de conta que não. Ina vem tirar cravos e espinhas de minha testa. Ela dá uma risadinha e depois saem os três de minha casa com alguns pacotes de bolacha.

No dia seguinte, Tarotaro volta com seu inconfundível boné do Bradesco. Almoçamos carne de tatu assado. Ficamos a tarde inteira sem fazer nada, quer dizer, eu lavo louças e roupas no rio, cozinho feijão e leio algumas páginas de Heródoto, mas eles ficam ali no terreiro conversando sobre amenidades.

No começo da noite, Tarotaro é o Atitanga no meio do terreiro e a Tarotaroati, novamente montada em suas costas, transmite a mensagem dos Gaviões. Eles acompanham a partida do grande espírito, ajudam-no a atravessar o rio subterrâneo.

Siga em frente, não pare no porto do macaco-da-noite, siga em frente.

Siga em frente, não pare na casa daquelas-que-não têm-nome, siga em frente.

Siga em frente, não fique pendurado em um galho da árvore procurando por goiabas, siga em frente.

Siga em frente, não coloque as mãos na vagina das mulheres mortas, siga em frente.

Siga em frente, não pense em seus parentes, não escute suas palavras, siga em frente.

Siga em frente, siga em frente.

A Tarotaroati explica que agora o falecido já atravessou com sucesso o rio e está na raiz do céu, prestes a subir para o céu branco dos passarinhos, que fica mais acima. Dali, ele deverá retornar para os galhos das árvores até encontrar sua casa, na qual permanecerá. Não se pode de forma alguma falar seu nome, ela explica novamente, muito menos pensar coisas do tipo "se ele estivesse vivo comeria café com bolachas, se estivesse por aqui tomaria banho no igarapé, se estivesse vivo estaria escutando as conversas do rádio" etc. Acabou. Não é mais nada. Já se foi.

Tarotaro deixa de ser o Atitanga. Eles agora desatam os nós da rede em que está o esqueleto, desfazem todos os ossos novamente e os colocam em um grande cesto. Levam o cesto para o meio do roçado do defunto, cavam um buraco e o deixam ali mesmo, sem cobri-lo com terra. Tarotaro explica que os parentes do morto devem vir em algum momento buscar os ossos que, de todo modo, são mesmo deles. Nos próximos dias, alguns bichos se aproximarão do cesto para carregar seu conteúdo. Eles agem assim porque reconhecem o falecido como parente, querem cuidar de seus despojos. É o que acontece com todos. Ou ao menos com aqueles de grande espírito, como o falecido. Acontece com aqueles que não são apenas corpo, com aqueles que se estendem por trás do próprio corpo, que passam a viver também nos outros lados do visível.

Voltamos para a aldeia e deixamos a noite cair. Dormimos todos juntos na maloca. Baitogogo fica ao meu lado e sua mulher também, em outra rede. Do outro lado está Geriguiguiatugo. Tarotaro é Atitanga por toda a noite e sua esposa relata o que acontece no roçado. Onça branca leva um fêmur. Onça parda leva outro. Harpia leva o crânio. Quatipurus levam os ossos das mãos e dos pés, tarsos e metatarsos, carpos e metacarpos. Tatus levam os ossos das costelas, sucuris engolem as vértebras da coluna. E assim por diante com os outros ossos, até que nada mais reste. A lua cheia enfim aponta para o cesto vazio: nada sobrou.

No dia seguinte, sentamos todos nos bancos triangulares para tomar wãchi. É necessário decidir o que será do futuro da aldeia e da maloca. Pensam em queimar tudo e mudar de território, arrumar um novo barranco, plantar novos roçados, para evitar que o morto pegue nos tornozelos das pessoas durante a noite. Tarotaro explica que isso não é necessário, já que o defunto partiu bem e nada restou de sua presença. Ele vive com seus outros parentes, não há vestígio algum por aqui.

Apesar da decisão tomada naquela reunião tumultuada, Baitogogo ainda não se sente totalmente habilitado a preencher o vazio deixado pelo falecido. Não há mais quem possa, no entanto, garantir uma boa conexão com os gaviões, realizada pelo Atitanga. Baitogogo olha para mim e começa a falar, na presença de Tarotaro, de sua mulher e de outros que estavam por ali.

"Você é que fica sendo agora o nosso governo, presidente, você que vai ficar aqui cuidando da gente, você mesmo", diz ele olhando para mim.

"Não posso, devo voltar para minha terra em poucas semanas. E o pessoal já tinha decidido que era você, Baitogogo."

"Então você não quer cuidar da gente, não é nosso parente?", ele insiste.

"Não é bem isso... Aqui é um lugar de que eu gosto muito, mas preciso ver os meus parentes, minhas irmãs, meus irmãos."

"É bom de trazer as suas irmãs, você tem três! Pega a minha filha e traz elas pra cá!", diz o meu irmão, desapontado com a minha negativa.

"Eu simplesmente não posso fazer isso, entendem?"

Eles parecem não entender e conversam rápido entre si, de maneira que não consigo compreender completamente o que acontece. A Tarotaroati me olha fixamente, em silêncio, como daquela última vez em que dormiu na minha casa. Começo a sentir uma agitação estranha, um aperto no estômago. Discutem todos entre si; com dificuldade, entendo que Baitogogo deverá de fato substituir o falecido, mesmo que ele próprio pense não estar preparado e não querer essa responsabilidade. Tentando resolver o conflito que não me pertence, insisto que essa pode ser uma boa ideia. Baitogogo olha furioso para mim. Pela primeira vez em todos esses anos me manda calar a boca. Fico mal com tudo isso e lembro do velho falecido.

"Apiboréu jamais me mandaria calar a boca", declaro com certa rispidez. Todos imediatamente também me olham com fúria.

"Você não pode falar o nome dele! É perigoso! Você sabe que não pode mais falar o nome dele!"

Imediatamente todos se deitam, inclusive Tarotaro, que me puxa e me obriga a deitar também. Fico ali com uma sensação de desconforto, envergonhado pela minha falta de cuidado, pela minha ingenuidade. Mas o que, afinal de contas, eu fiz de errado? De fato, apesar do afeto, apesar de todas as relações que acumulei ao longo desses anos, de toda a vida que vivi por aqui, temos mesmo expectativas distintas que, agora, não conseguem se cruzar direito.

"Me desculpem", digo ainda com a cara colada na terra, "acabei falando o nome dele sem querer!"

"Agora já falou, vamos ter é que ficar deitados até amanhecer", alguém diz.

"Agora é muito mais perigoso!"

"Quieto!"

E assim ficamos, com fome e sede pelo resto da noite. O dia custa a amanhecer. Nos pequenos cochilos que consigo tirar, vêm novamente aqueles sonhos desconexos com ninhos de pássaros e copas de árvore. As copas a esconder um céu avermelhado. Por fim, a luz do sol começa a surgir. Aos poucos, todos se levantam e recomeça a discussão. Alguém traz uma costela de anta que havia sido caçada no dia anterior e comemos costela de anta. Baitogogo não me dirige mais a palavra. Como pude ser tão idiota e dizer uma coisa daquelas, penso. Mas eles também não têm o direito de me pressionar daquela maneira. Quando virá a próxima equipe? Preciso ir embora daqui logo. Justo eu, depois de ter chegado tão longe, agora quero ir embora? Agora que eles mais precisam de mim? Quanta pretensão, viver uma outra vida como se já não bastasse a minha. E a que custo? Apiboréu era mesmo uma alma melhor do que todas as que já conheci. Ele, sim, seria capaz de levar as pessoas para uma outra condição possível; ele talvez conseguisse nos fazer escapar deste cataclismo de que tanto falam os Gaviões. Não eu, ou mesmo Baitogogo. Nós não passamos de pessoas ordinárias.

Saio por alguns instantes da maloca para respirar; os homens e suas mulheres continuam ali dentro, discutindo sobre o futuro. Penso que futuro será esse, agora que o equilíbrio daqui se perdeu. Talvez seja melhor ir embora logo sozinho, nem que seja a remo, nem que precise ficar um mês remando, ou então subir e morar na maloca de Tarotaro até que as coisas se acalmem. Isso porém seria impossível, jamais me deixariam mudar para lá. E jamais me levariam para as cidades em suas canoas e motores, pelo menos não depois dos acontecimentos da noite de ontem. Fico pensando em estratégias, na melhor maneira de roubar uma canoa do porto e descer sozinho de bubuia, mas como poderia aguentar a fome, que provisões eu levaria?

Caminho desanimado para minha casa e cochilo por alguns instantes. Vejo a aldeia da Volta Grande tomada por turistas e barracas de milho verde. As pessoas passam por mim com indiferença. Minha casa foi invadida por jovens ricos da cidade até altas horas da noite; a maloca está inteira cimentada e exibe poderosas televisões ultra HD. Foi nisso que o rio acima se transformou, penso dentro do sonho. O falecido Antonio Apiboréu anda de um lado para o outro e me ignora completamente quando tento cumprimentá-lo. Meu irmão de dentes afiados passa por mim e dá risada. Depois sobe o tronco de uma grande árvore dentro de uma picape. Atrás da minha casa, vejo um hotel com vidros blindex e ar-condicionado.

Acordo com febre, já é noite. Levanto rapidamente e retorno à maloca para saber o que decidiram. A discussão segue e Baitogogo parece nervoso. Tarotaro me diz que ele deverá substituir o falecido, mesmo que a contragosto. Sento em uma rede no fundo da maloca, ao lado da mulher de Baitogogo, mas ele me fuzila com seu olhar e manda a mulher sair dali imediatamente. Me sinto incomodado e saio também para sentar nos bancos triangulares. Aquele outro que dizem ser meu irmão, o de dentes afiados, me olha e sorri com um certo ar estranho, como se recapitulasse meus sonhos perturbados.

A discussão começa a se dissipar e os homens se levantam, parece mesmo que tudo ficou decidido. Baitogogo muda a sua rede para o lugar em que ficava a do falecido. Agora será necessário apenas realizar os procedimentos para que ele se torne, efetivamente, o substituto. Conversam sobre isso e tomam rapidamente uma decisão, que eu não entendo bem qual. Saio para me banhar no rio e Tarotaro vem comigo.

"Não é bom de ficar de cabeça quente com o pessoal, não. O pessoal é assim mesmo, você sabe", me consola.

"Eu sei, mas às vezes parece que me esqueço."

"Você é que sabe muito, sabe que depois vai é mesmo chegar alguém por aqui, vai chegar aquele que conhece os Gaviões, o melhorador. Porque eu sou só é picape, sou só trator para o Gavião montar. Sem o que dá a direção fica tudo perigoso demais."

"Espero que sim, Tarotaro. Acho que você tem razão."

"O Baitogogo é assim mesmo, não é muito bom, não, mas

vai ajudar. Ele é assim bravo mesmo, mas gosta de você, é seu irmão mais velho."

"É, é verdade."

"Depois é que você volta, você vai embora pra lá, mas depois volta de novo pra cuidar da gente, não é? Não dá pra ficar lá longe sempre."

"Não sei, Tarotaro... Isso eu já não sei."

"Tem o que você sabe e tem o que você não sabe. Não é? O negócio dos passarinhos."

"Que negócio dos passarinhos?"

"Tu é doido que você não sabe? Os coisos deles de pegar."

"Que coisos?"

Tarotaro sorri e mergulha no rio para se banhar, interrompendo a conversa sem me deixar entender bem o que quer dizer. Por um lado, fico aliviado e até penso em passar mais algum tempo por aqui, pode ser que, para variar, eu esteja exagerando um pouco. Mas essa história de voltar depois, o que ele queria que eu entendesse com isso? E aquilo de entender pela metade, e essa coisa dos passarinhos? Será que tem ainda alguma parte da história que não registrei? Preciso descobrir logo, vou descobrir e aí sim posso descer para a cidade, depois que as coisas se acalmarem.

Em meio a toda aquela confusão, o inverno parece chegar de vez pelas cabeceiras do rio. As águas baixam em seu menor nível, o que deixa as aldeias ainda mais isoladas. É possível enxergar as galhadas inteiras projetadas para fora da água, as praias cada vez maiores que revelam suas areias claras, nas quais nuvens de borboletas desenham suas coreografias durante as tardes. O calor amaina um pouco, as noites são mais frescas, chega até a fazer frio. Ainda assim, sinto-me enfraquecido por uma febre intermitente e, acima de tudo, profundamente só. Algo parece ter mudado no íntimo dessa gente, como se aquela delicadeza de antes agora desse lugar a uma indiferença cujo exemplo maior era, de fato, a dentição afiada daquele que dizem ser meu irmão. Ou então estariam apenas acostumados demais comigo? Ou desapontados com alguma conduta minha? Ou seria novamente minha cabeça dando giros em falso, enquanto o missionário Jonathan seguia com seus salmos melancólicos noite adentro e ninguém vinha resgatá-lo? Eu havia oferecido a minha companhia e a minha casa para acomodá-lo, mas ele me considerava impregnado pelo demônio, nem de longe queria a minha presença e insistia em ser alimentado apenas pelas crianças. Que mofe então, pensei.

Pasho, o anão, havia deixado de frequentar a minha casa, muito embora ainda fosse se banhar comigo e me contasse os seus sonhos, que, por sinal, haviam se tornado mais estranhos e soturnos do que de costume nos últimos tempos. Nesta manhã, por exemplo, ele conta algo sobre Amatseratu e os Amariatanas, como se falasse, com um certo medo nos olhos, da história do pegador de pássaros que, imagino, ele não tenha como conhecer em detalhes. Olha para mim com o rosto assustado e sai da beira do rio com alguma pressa, quase que fugindo.

Na farmácia, tento um contato com a base, mas o rádio parou de funcionar definitivamente. A bateria descarregou e não temos outra de reserva. Ficamos sem comunicação alguma até a vinda da próxima equipe. Nesta noite e nas seguintes, Tarotaro é Atitanga na maloca. Fala novamente do fim do mundo. Bolas de fogo, oceano em chamas. Fico cansado dessa história. Melhor será mesmo se o mundo acabar. Afinal, que grande diferença faria?

Quase mais nada resta de minhas provisões, apenas algumas latas de salsicha e de preparado de carne, aquelas que eu sempre deixo para o final, um saco pela metade de feijão cheio de carunchos e mais um saco de arroz. Os livros todos que trouxe já os li; a história do pegador de pássaros praticamente inteira já está traduzida; aquele final que faltava ainda me causa interesse, mas não consigo fazer Tarotaro contá-lo ou esclarecer as minhas dúvidas. De toda forma, o que tenho já seria mais do que suficiente para terminar o trabalho do laboratório e mostrar a todos o que eles precisam saber. O pessoal por aqui parece mergulhado numa espécie de letargia, em um cotidiano mecânico ensimesmado. Não estão interessados em conversa nem demonstram a menor afabilidade, seja entre si mesmos, seja comigo. Banham-se em silêncio no rio, andam de modo automático de um lugar para o outro. As cabeças baixas, os olhares desencantados. As mulheres dão sinal de irritação, Ina já não tira mais os meus cravos e espinhas, sua mãe cobre os belos seios com um sutiã encardido.

Penso novamente no francês, naquela história dos mitos transformados uns nos outros e no que, para mim, parecia não estar ainda explicado, a dobra para fora dos relatos, um lugar além das palavras. O que, afinal de contas, consegui entender? Pouco ou quase nada. Penso no que poderia ser escrito a partir disso tudo e nada me interessa, quase nada me interessa. Exceto por uma dúvida de fundo que fica pairando, desde aquela última conversa que tive com Tarotaro. Durmo mais cedo, encolhido na rede, para ver se o tempo passa depressa.

Nesses dias, não me chamam para comer na maloca e tampouco cozinho qualquer coisa para comer com os outros. Alimento-me com algumas bananas quase apodrecidas que sobraram penduradas e, às vezes, com uns pedaços de carne. Isso basta.

Certo dia, uma equipe sobe o rio e fica por alguns instantes na praia. Desço correndo o barranco e pergunto se podem me levar, mas o chefe da equipe é um ogro imbecil e diz que não, porque o barco está cheio e não pertenço à instituição deles. Sim, mas pertenço ao laboratório, temos convênios com o governo, respondo. Não tenho nada a ver com isso, é problema seu, ele replica. Você não precisa falar assim, poderia me ajudar, estou quase sem nada de comida aqui e com febre há tempos, preciso descer, insisto. Tente chamar no rádio por outro barco, já disse que isso não é problema meu. Se você não trouxe comida suficiente, o que eu tenho a ver com isso? O rádio quebrou e tão cedo não vou poder chamar por outro barco, tento argumentar. Pelo menos levem o missionário, insisto. Hahaha, o missionário, grunhe o chefe. Ele vai ficar mofando aí com você...

A voadeira sai dali gritando com seu motor potente e eu, seco por dentro, fico na praia, olhando para o vazio. Subo o barranco de volta e entro na maloca para ver se algo acontece, mas nada. Ninguém. Exceto por algumas crianças brincando e por Pasho, o anão, que dorme na rede. Sei que saíram todos em expedição de caça e que vão demorar para voltar.

Subida

No começo do dia, os homens voltam entusiasmados da caçada, com cerca de dez porcos e mais alguns mutuns e um tatu. Pelo menos agora a comida vai ser boa. Comida de verdade, que sempre levanta os ânimos. Comemos na maloca, pratos e pratos de carne; devoro um pernil com molho de pimenta e me agradecem pelos cartuchos que, afinal, foram também responsáveis por tanta fartura. O humor geral, no entanto, não mudou muito desde os últimos dias. Estão todos ainda meio calados, seguem ensimesmados e nada sorridentes. A partida do falecido de fato mexeu nas coisas por aqui. Um bom tempo ainda terá que passar até que a vida encontre seu novo fluxo, penso, se é que de fato chegará a encontrar algum fluxo que seja bom.

A chuva que começa a cair não é daquelas finas e logo o terreiro se transforma num lamaçal completo. Fico por um tempo deitado em alguma rede da maloca. Baitogogo, embora frio, ao menos não está mais agressivo. À noite tomamos wãchi, mas ninguém conversa muito. É grande o buraco deixado por Apiboréu, que sempre movimentava nossas reflexões noturnas. Tarotaro é o Atitanga, que insiste em suas predições apocalípticas.

Vou dormir mais cedo outra vez, depois de atravessar a lama do terreiro e de escutar as súplicas melancólicas do missionário Jonathan. Passo a noite tentando matar os morcegos que se aboletam em minha casa, antes que caguem aquela merda nociva em mim e eu pegue uma toxoplasmose. E passo a noite tentando também acertar os ratos que passam pelos caibros do telhado. Não quero que eles roam os meus dedos dos pés, que sobram para fora da rede.

Na manhã seguinte, Baitogogo aparece bem cedo em minha casa para tomar café. Estranho, faz tempo que isso não acontece. Entra, pede café, mas digo que não tenho mais, que infelizmente acabou. Ele tira um pouco de pó do bolso da bermuda e me dá para fazer. Há dias sonho com café. Preparo a bebida e tomamos juntos, com o resto do açúcar do fundo do saco, insuficiente para adoçar.

Ele me diz que agora será mesmo o substituto, que é enfim o novo dono daqui. Falta apenas fazer os procedimentos para que isso se consolide e pronto. Insiste em perguntar por que eu não trago as minhas irmãs para viverem aqui. Explico novamente que elas são casadas. E daí, podemos ir lá e roubá-las, diz. Bem, isso seria difícil, é muito longe daqui e a polícia certamente nos prenderia, explico. Baitogogo não esconde seu desapontamento e se despede.

No dia seguinte, vou até a casa de Baitogogo. Ele está preparando alguma coisa que pendura em suas costas. Diz que já estava para passar em minha casa e me chamar. Me chamar para quê?, pergunto. Para ir até o mato e me ajudar a encontrar o que falta para completar a substituição. Tudo bem, digo, vou buscar minhas botas e o facão. Volto vestido e vamos para o mato, eu, Baitogogo, sua esposa, Ina e Pasho, o anão. Ina volta a ser carinhosa, diz que depois vai tirar os cravos das minhas costas. Baitogogo sorri. Tudo parece melhor agora.

Seguimos pela trilha que leva à parte mais profunda da mata, após atravessar a ponte que passa pelo grande igarapé. Baitogogo vai na frente com o anão. Passamos por mais dois igarapés. Em um deles, uma multidão de poraquês, aqueles peixes elétricos violentos, se revolve nas águas lodosas. Passamos rápido, pois não é recomendável ficar parado perto dos poraquês. Não sei muito bem para onde vamos e nem quero saber. O passeio é um alívio depois dos últimos dias, duros, difíceis.

Paramos em uma capoeira. Já é tarde e Ina faz fogo para assar um pedaço de porco do mato. Comemos a carne com macaxeira e dormimos nas redes. A mulher de Baitogogo se levanta durante a noite e quer se deitar em minha rede, mas sou forçado a expulsá-la, não quero confusão, e com algum estardalhaço ela sai e volta para seu lugar. Baitogogo se revira em sua rede e ronca, não tenho certeza se percebeu, mas instantes depois ele se levanta e deita-se com a mulher. Cochicham alguma coisa que não entendo.

Pasho, o anão, dá risadinhas em sua rede. Ina fala enquanto dorme. Noite pesada e difícil, uma multidão de mosquitos me atormenta e mal consigo fechar os olhos. Meu joelho dói. A febre volta a castigar. Voltam os sonhos do céu vermelho por trás das copas das árvores e os ninhos de pássaros. No dia seguinte, seguimos caminho por uma trilha estreita e íngreme. Baitogogo segue firme na frente, silencioso e meio carrancudo. Passamos por trás de um rochedo coberto de musgos, o único rochedo de que se tem notícia por aqui. Baitogogo explica que se trata de uma anta há tempos transformada em pedra pelos Amariatanas.

Descemos pelo que se parece com uma gruta, até sair do outro lado, no qual surge um bambuzal, grande e fechado. Para onde vamos?, quero saber, mas Baitogogo não responde e o anão dá uma risadinha. Depois, segura minha mão. Vencemos o bambuzal com dificuldade, abrindo caminho com nossos facões entre os brotos menores. Do outro lado, vemos o famoso encontro dos quatro igarapés, a partir dos quais, conta-se, os Amariatanas teriam distribuído as quatro águas do mundo. Paramos ali para almoçar. Baitogogo não diz palavra, mas parece estar tranquilo. Ina tira cravos das minhas costas.

Seguimos o resto do dia por trilhas tortuosas. Deixo os pensamentos de lado e acompanho apenas o ritmo do corpo e da respiração, tentando vencer a exaustão e os ossos, que doem a cada passo. No meio da tarde, quando o sol já começa a cortar as folhas pela diagonal, quando a luz parece revelar, em meio aos galhos, alguma dimensão imprevista, chegamos em uma grande clareira. Súbito levanto a cabeça, que antes fitava apenas os meus próprios passos, e encontro ali, fincada, a maior árvore que eu já tinha visto por aqui. No topo, estão os pássaros.

"Tem que pegar o pássaro pra fazer o chapéu, precisa pegar o mais bonito", diz Baitogogo.

"Você vai subir, então?", digo.

"Tá ruim de subir, tô velho demais pra subir, não dá, não."

"Bem, estou também com o corpo doído de febre."

"Você é mais novo, a febre não é forte, dá pra aguentar. Não é longe e você joga os bichos e pronto."

"E o anão, Pasho, por que ele não sobe?"

"Pode, não. Se ele cair a gente morre, você também morre. Você sobe!"

"Rapaz, eu não queria subir, nunca subi numa árvore desse tamanho."

Olho para Baitogogo e noto que seus dentes estão afiados, assim como o das mulheres e do anão. Eu não havia percebido isso antes, será que afiaram durante a noite, enquanto eu dormia? Ou é a febre? Suas pupilas estão estranhas, sem brilho, opacas. As mulheres me olham de lado. Pasho toma minha mão, como se quisesse mordê-la, puxo a mão de volta.

"Você vai é subir!", ordena Baitogogo, e arremessa uma corda, que prende certeira no galho mais alto.

"Você vai subir e pegar os passarinhos pro seu irmão mais velho!", ele grita em minha direção e avança com os olhos injetados.

Acuado, sem alternativas, começo a subir pela corda, com as pernas e os braços tremendo. No meio da árvore, olho para baixo e vejo Baitogogo se desdobrar em quatro. Baitogogo, são os Amariatanas?

"Anda, vai subindo! Anda logo!", ele grita.

Parece que eu escuto assim, parece que é isso o que ele diz. Será mesmo possível? Continuo a subir com o coração disparado. Isso não poderia acontecer – o redemoinho das bifurcações. Olho para baixo e vejo de novo quatro homens em vez de um, ou é um mesmo que são quatro.

"Anda, sobe!", ele vocifera.

Quando chego no topo, movido por um nervosismo que supera o meu próprio corpo, sento ali no galho mais alto. Vejo o ninho dos pássaros ao alcance das minhas mãos. Um vento atravessa minhas costas. Olho para baixo e lá estão os quatro irmãos, o anão e as mulheres. A vertigem quase me derruba. Aflito, ponho as mãos trêmulas no ninho e começo a escolher os pássaros.

ESTA OBRA FOI COMPOSTA EM MERIDIEN PELO ESTÚDIO O.L.M. / FLAVIO PERALTA
E IMPRESSA EM OFSETE PELA GRÁFICA BARTIRA SOBRE PAPEL PÓLEN BOLD
DA SUZANO PAPEL E CELULOSE PARA A EDITORA SCHWARCZ EM SETEMBRO DE 2016

A marca FSC® é a garantia de que a madeira utilizada na fabricação do papel deste livro provém de florestas que foram gerenciadas de maneira ambientalmente correta, socialmente justa e economicamente viável, além de outras fontes de origem controlada.